# CAZADOR DE FARSANTES

# CAZADOR DE FARSANTES

Cristian Perfumo

Perfumo, Cristian
    Cazador de farsantes. - 1a ed. - Puerto Deseado : el autor, 2015.
    250 p. ; 20x14 cm.

    ISBN 978-987-33-6797-7

    1. Narrativa Argentina. 2. Novela. I. Título
    CDD A863

Fecha de catalogación: 03/02/2015

Edición: Trini Segundo Yagüe

Diseño de tapa: Paramita Bhattacharjee

www.cristianperfumo.com

*A Trini, mi persona favorita.*

# CAPÍTULO 1

En la foto había unos treinta adolescentes formados como si fueran un gran equipo de fútbol. Los de la fila de abajo sostenían una bandera que decía "Colegio Provincial Número 3 — Quinto año — 1999".

—Es ella —dije, señalando una chica alta y rubia en la fotografía—. Se llamaba Carina Alessandrini.

—¿Se llamaba?

—O se llama, no lo sé. Por eso vine.

—¿Viniste a que te diga si Carina está muerta?

Levanté la vista de la fotografía y me acomodé los anteojos de marco grueso. Eran pesados y me resultaban incómodos. Del otro lado de la mesa de vidrio me observaba una mujer de pelo muy corto teñido de violeta. Una blusa negra cubría su figura corpulenta.

—Carina y yo fuimos novios durante los últimos años de la secundaria. Después ella se fue a estudiar a Buenos Aires y yo me quedé en Comodoro. Nunca más la volví a ver.

—Supongo que querés que te ayude a encontrarla.

—Dicen que usted es la mejor en toda la Patagonia.

—Hago lo que puedo —se sonrojó la mujer—. Imagino que habrás intentado por medios más... tradicionales.

—Sí. Fui a la casa en la que vivían sus padres, pero cambió de dueños hace años. También probé en Internet, y nada.

Hice una pausa y recorrí con la vista la habitación, iluminada apenas por unas cuantas velas encendidas. Los estantes en las paredes estaban llenos de libros, pequeñas figuras talladas en madera y varias canastas de mimbre. Sobre la mesa que nos separaba había un cuenco con agua. Dentro de él flotaba un platito de madera en el que se quemaba un incienso, impregnando la sala de olor a mirra.

—Hace días que tengo el presentimiento de que Carina está cerca. Yo nunca creí en estas cosas —dije, señalando a nuestro alrededor—, pero esta vez siento algo diferente. No sé cómo explicarlo, es como si supiera a ciencia cierta que ella está en Comodoro. Cada vez que voy al centro, tengo la sensación de que en cualquier momento me la voy a encontrar.

La mujer posó su mano repleta de anillos sobre la mía, que todavía señalaba la foto.

—Yo te voy a ayudar —dijo con tono amable.

—¿Cuánto me va a costar?

—Por eso no te preocupes —agregó chasqueando la lengua y me dio dos palmaditas en el dorso de la mano—. Con que me des para comprar los materiales, ya puedo empezar el trabajo. Después arreglamos el resto.

La mujer se levantó con dificultad de su silla y rodeó la mesa, dirigiéndose hacia los estantes en la pared. Revolvió en una de las canastas de mimbre y volvió a su asiento con varios objetos en la mano.

Apoyó sobre la mesa de vidrio unas tijeras, una polvera de mujer y dos velas, una roja y otra negra. Luego hurgó en uno de los bolsillos de su blusa y me extendió un encendedor.

—¿Estás listo para recuperar a Carina?

—Sí —respondí, e inspiré hondo.

—Quiero que sostengas la vela roja con la mano izquierda. Así, muy bien. Ahora encendela y hacé un círculo de gotas de cera alrededor de la cabeza de Carina —agregó, dando un golpecito en la fotografía con la uña roma de su índice.

Hice lo que me indicó y, mientras las gotas de cera roja rodeaban a Carina, la mujer dijo en voz baja una oración rápida. Cuando completé el círculo, concluyó su rezo cerrando los ojos e inclinándose sobre la mesa para apagar la vela con sus dedos.

—Lo estás haciendo muy bien —dijo, y empujó las tijeras hacia mí—. Recortá la foto por el círculo de cera y poné la cara de Carina acá adentro.

Abrió la polvera y la dejó frente a mí.

—Y una vez que hagas eso, vas a cerrarla y sellarla con nueve gotas de cera negra.

Volví a oír el rezo bajo y rápido apenas las tijeras comenzaron a cortar la fotografía. Cuando cerré la polvera y encendí la vela negra, su voz se hizo más audible. Y con cada gota de cera oscura que dejé caer, la mujer repitió la misma oración un poco más alto, hasta gritarla desgarrándose la garganta.

—Arcángel Rafael, acércala, bendito seas.

A la novena gota, la bruja se levantó de su silla de un respingo y me arrebató la polvera de las manos. Apoyándosela en sus senos, caminó alrededor de la mesa murmurando palabras que no llegué a distinguir.

De repente se paró en seco y sonrió, mostrándome una ristra de dientes amarillentos.

—Carina está en Comodoro —exclamó—. Estuvo cerca tuyo varias veces, por eso tuviste esa sensación de estar a punto de encontrártela.

—¡Lo sabía! —festejé, elevando la mirada—. ¿Dónde está?

—Eso no lo sé. Lo que tenés que hacer ahora es llevar esta polvera con vos en todo momento. Incluso cuando te vayas a dormir, quiero que la pongas debajo de la almohada. Si me hacés caso, te la vas a encontrar pronto. Presiento que será en un lugar con mucha gente.

—¿En serio? ¿Usted me lo asegura?

—Por supuesto. No te puedo decir exactamente cuándo ni dónde, pero pasará.

Asentí con la mirada fija en la polvera todavía en manos de la mujer. Luego me volví a acomodar los anteojos y levanté la vista.

—No creo que me la encuentre —dije.

—Claro que sí. Es más...

—De hecho, es imposible que me la encuentre.

La mujer me miró por un instante, desconcertada.

—¿Por qué?

—Porque Carina se mudó a Canadá hace años.

—¿Y por qué no me lo dijiste?

Sus dedos ahora hacían girar la polvera a toda velocidad.

—¿Y por qué me acaba de asegurar que me la voy a encontrar? —respondí, preguntándome cuánto faltaría para que la bruja soltara la frase infame.

—No sé. Lo veo clarísimo. Quizás Carina tiene planeada una visita a la Argentina pronto, o quizás le surja un viaje imprevisto. ¿Tiene familiares acá, no?

—No me la voy a encontrar porque Carina está muerta.

La polvera se detuvo de golpe, y la mujer me fulminó con la mirada.

—¿A qué estás jugando? —preguntó.

—Yo, a nada. ¿Y usted?

—¿Por qué no me dijiste que esa chica estaba muerta? ¿Por qué me mentiste?

—Lo mismo le pregunto yo a usted. ¿Por qué le miente así a la gente? ¿Por qué les cobra para decirles lo que quieren escuchar? Mi pregunta fue clara: vine a saber si Carina Alessandrini estaba viva y usted me dijo que sí. Sin embargo, yo sé que lleva dos años muerta y enterrada en Canadá.

—Pero esto no es tan simple. Si no creés, es imposible que mis poderes funcionen.

Ahí estaba. La frase de siempre. El salvoconducto de todos los charlatanes.

—¿O sea que el problema es la falta de fe?

—Claro.

Me incliné hacia un costado de la silla y saqué de mi mochila otra fotografía. Aunque la conocía de memoria, volví a acomodarme los anteojos y detuve la mirada en ella por unos segundos. Luego la alcé hacia la bruja.

—¿Y qué me dice de esta niña? ¿La recuerda?

—No —respondió, apenas mirándola.

—Se llamaba Magdalena Peralta y a los cinco años le diagnosticaron leucemia. Hace siete meses, cuando los médicos dijeron que no había forma de salvarla, sus padres vinieron a verla a usted a esta misma casa. ¿De eso tampoco se acuerda?

—No —dijo, arqueando la boca hacia abajo.

—No hay problema, yo le refresco la memoria. Usted le prometió a esa gente que le curaría el cáncer a su hija, pero que no sería barato. Si me informé bien, vendieron el coche para pagarle. ¿Ellos tampoco tenían fe?

Los ojos marrones de la bruja rezumaban odio. Tuve que hacer un esfuerzo para sostenerle la mirada.

—Andate de mi casa.

—¿Cuánto le debo, señora, por ayudarme a encontrar a alguien que está muerto? ¿Vale más barato o más caro que romperle el corazón a una familia?

—Andate de mi casa, hijo de puta —gritó, tirándome la polvera con todas sus fuerzas.

Atiné a agacharme. El objeto se estrelló contra la pared a mis espaldas y cayó al suelo en pedazos.

—A partir de ahora no vas a tener un segundo de paz —me espetó, señalándome con el dedo.

Con los ojos encendidos, gritó una y otra vez la misma frase.

—Te maldigo. Te deseo el mal y la muerte. Para ti y los tuyos, el infierno. Te maldigo...

Sonriendo, le tiré un beso con la mano. La mujer interrumpió su maldición para mirar a su alrededor y levantó el cuenco con agua donde se quemaba el incienso. Yo agarré mi mochila y corrí hacia la puerta. Justo antes de abrirla, sentí al mismo tiempo el golpe del cuenco en el hombro y el agua mojándome la espalda.

Sin mirar atrás, abandoné la casa de la famosa Bruja del Kilómetro Ocho.

Al salir a la calle, el viento invernal me heló la espalda mojada. Mientras corría hacia mi coche, me pregunté cuántas visitas tendría mi web cuando subiera el video que acababa de grabar con la cámara oculta que llevaba en los anteojos.

# CAPÍTULO 2

Frente al espejo del camarín, el hombre practicó varias sonrisas. Luego dio un paso hacia atrás y se observó de arriba abajo. No había nada que hacer, concluyó, Armani hacía los mejores trajes del mundo.

Sacó del bolsillo una diminuta bolsa de plástico y vertió su contenido sobre el estuche de los cosméticos con que lo habían maquillado hacía diez minutos. Contempló por un instante la montañita de polvo blanco antes de sacar de su billetera la tarjeta de crédito y un billete de cien. Decidió hacer dos rayas.

Con el billete enrollado en la nariz, se acercó a las líneas blancas hasta tenerlas tan cerca que las vio borrosas. Entonces la puerta del camarín se abrió de par en par. Por el rabillo del ojo, reconoció la figura corpulenta recortada en la puerta.

—¿Qué querés, Lito? —dijo sin levantar la cabeza, y aspiró con fuerza la primera raya.

—Perdón por la interrupción, pero me acaban de llamar del Club Huergo, en Comodoro Rivadavia. La comisión directiva está reunida y quiere confirmar si vamos a agregar una segunda presentación, porque las entradas para la primera están agotadas.

—¿Cuánta gente cabe? —preguntó, girando entre los dedos un gemelo de oro con forma de letra M.

—Dos mil. Es una cancha de básquet con escenario a un costado.

El hombre multiplicó mentalmente lo que ganaría en su presentación en la ciudad más cara de la Argentina.

—Hagamos una solamente, para asegurarnos de que esté bien llena. Los dejamos con las ganas durante un par de meses y después volvemos y hacemos la otra. ¿Algo más? —preguntó con la mirada en la segunda raya.

—Sí. La banda ya va por la sexta canción. En cinco minutos tiene que salir al escenario. El teatro está a reventar.

—Perfecto. Decile a Irma que me vaya anunciando.

Cuando Lito cerró la puerta tras de sí, el hombre notó la luz intermitente en su teléfono, junto a la tarjeta de crédito.

Era un email de la editorial que publicaba su autobiografía. Le decían que quedaban pocos ejemplares y que reimprimirían veinte mil más. Al terminar de leerlo, aplaudió tres veces en el camarín vacío, se felicitó a sí mismo en voz alta y aspiró la segunda raya de cocaína.

Ensayando una última sonrisa frente al espejo, el pastor Maximiliano se persignó y salió al escenario.

# CAPÍTULO 3

—La próxima clase hacemos el trabajo práctico de algoritmos recursivos, que es el último tema que entra en el examen final —dije, y me puse a borrar el pizarrón blanco que había llenado de números, flechas y funciones escritas en Java.

A mis espaldas, oí a los casi cien estudiantes levantarse de sus sillas y abandonar a toda prisa el aula once de la Universidad Nacional de la Patagonia.

Para cuando me metí en la mochila la computadora y las fotocopias que había usado para dar la clase, en la sala sólo quedábamos una alumna de unos treinta años y yo. La vi abrirse paso desde el fondo, apartando sin prisa las sillas y mesas que sus compañeros habían desordenado durante la estampida.

—¿Ricardo Varela? —me preguntó al llegar a mi escritorio.

—Sí.

—Excelente clase, te felicito.

—Gracias —respondí, algo extrañado.

Mis alumnos no solían tutearme, ni mucho menos felicitarme por la clase. De todos modos, me dije, la mujer frente a mí tenía poco en común con el estudiante típico de mi clase de Estructuras de Datos y Algoritmos. Para empezar, tendría mi edad, o a lo sumo un par de años menos.

—¿Puedo hacerte unas preguntas? —me dijo.

—Las clases de consulta son martes y jueves de diez a once.

—No te ofendas, pero no tengo ningún interés en tu clase. No soy una alumna.

—¿Y entonces de qué son las preguntas?

—Sobre tu sitio web.

—¿*Estructuras de Datos y Algoritmos*? En realidad no es *mi* sitio web. Yo lo administro, pero es la página web de la asignatura.

—Ya te dije que, con todo respeto, no estoy acá para hablarte como profesor de universidad. Me refiero a tu sitio web personal. *Cazador de Farsantes* se llama, ¿no?

Al oír aquello, me quedé paralizado. Las palabras me salieron sin fuerza, incapaces de convencer a nadie.

—¿*Cazador de Farsantes*? No sé qué es eso.

La mujer sonrió y asintió con la cabeza. Su gesto era casi de camaradería. Buen intento, decía, pero no te va a servir.

—Por supuesto que sabés de qué te hablo. Por cierto, excelente tu último trabajo con la Bruja del Kilómetro Ocho. Esa mujer lleva años robándole plata a la gente.

Sentí que las mejillas se me calentaban de a poco.

—Me parece que te estás confundiendo —insistí.

La mujer se metió los pulgares en los bolsillos del pantalón y dio unos pasos lentos hasta sentarse en una de las mesas de la primera fila.

—Podríamos ahorrarnos todo esto —sugirió—. Además, tampoco es para tanto. No voy a revelar tu secreto a nadie. Sólo quiero charlar un rato. A lo mejor hasta te cuento algo que te puede interesar.

En ese momento, un alumno entró al aula y empezó a buscar algo debajo de la mesa en la que había estado sentado durante la clase.

—Vení conmigo —dije, resoplando, y salí de la sala con paso apurado.

# CAPÍTULO 4

Bajamos las escaleras del edificio de la universidad hasta el primer subsuelo y nos metimos en la biblioteca. La mujer me siguió hasta la enorme sala de lectura, donde decenas de estudiantes encorvaban la espalda sobre libros de texto. Los únicos sonidos en aquel lugar eran el zumbido de la calefacción y nuestros pasos retumbando en las paredes.

Señalé una pequeña sala de reuniones.

—¿Quién sos? —le pregunté, cerrando la puerta.

—Ariana Lorenzo —respondió extendiéndome una mano casi esquelética.

Antes de sentarse en una de las cuatro sillas, se quitó el abrigo. Tenía piernas y brazos largos y huesudos, y debajo de la camisa apretada se adivinaban apenas dos bultos mínimos. A pesar de que era tan alta como yo, estimé que Ariana Lorenzo no pesaría más de cincuenta kilos.

—Soy periodista, trabajo para *El Popular*.

Sin decir nada, me senté y apoyé los codos sobre la mesa que nos separaba. Sobre ella, la mujer puso una tarjetita con sus datos y la empujó hacia mí con sus dedos de uñas mordidas. No la levanté.

—En primer lugar, dejame decirte que admiro mucho lo que hacés desde tu web. Hace meses que sigo *Cazador de Farsantes* y para mí es un honor haberte encontrado.

—¿Podemos ir al grano? No creo que *El Popular* te haya hecho viajar dos mil kilómetros desde Buenos Aires para felicitarme por mi página.

—No me hicieron viajar. Soy de Comodoro, igual que vos. Trabajo para el diario desde acá, cubriendo el centro de la Patagonia.

—¿Cómo me encontraste?

—Me gano la vida encontrando cosas bien escondidas.

—Bueno, acá estoy. ¿Me vas a contar por qué el diario de mayor circulación del país te manda a verme?

—Sí, aunque no me manda nadie. Te vine a ver por iniciativa propia. Quiero hacerte una propuesta.

Alcé la vista hacia los ojos de la periodista. Eran enormes. Quizás demasiado grandes en relación a su cara y su cuerpo. Los hubiera encontrado bonitos de no ser porque los iris oscuros se movían de un lado al otro, nerviosos, como los de un animal alerta.

—Vine a verte porque quiero que me ayudes a desenmascarar al Cacique de San Julián.

Al oír aquel nombre, sentí que algo me apretaba el estómago. Levanté de a poco la mirada hacia la periodista.

—¿El Cacique de San Julián? —repetí.

—Sí, hace años que vive y atiende en Comodoro. Sabés quién es, ¿no?

Asentí, y me pregunté si sería casualidad que aquella mujer me hablara justamente a mí del Cacique de San Julián. Tenía que ser casualidad, concluí. Incluso para alguien que se ganaba la vida encontrando cosas escondidas, la probabilidad de que hubiera descubierto mi vínculo con ese hombre era bajísima.

—¿Vos tenés idea de con quién te querés meter?

—Claro. Con el brujo más famoso de todo Comodoro. Al que consultan varios políticos, empresarios, altos rangos de la policía. Acá tengo una lista.

La mujer apoyó un bolso sobre la mesa, pero cuando empezó a abrirlo puse la mano sobre él para impedírselo.

—¿Por qué me venís a ver a mí?

Ariana me miró desconcertada.

—Porque no hay mucha gente que comparta tu hobby. Además, no me digas que no te interesa ridiculizar al más grande de todos.

—Lo que no me interesa es que se repita la historia. Un muerto ya es suficiente, ¿no te parece?

# CAPÍTULO 5

Al oír la melodía de acordes largos con la que siempre lo anunciaban, el pastor Maximiliano entró al escenario con los brazos en alto. La luz de un reflector colgado del techo lo obligó a entornar los ojos. Aunque no podía ver al público que lo ovacionaba, le dedicó una sonrisa.

Se detuvo en el centro del escenario, sobre dos tiras de cinta blanca en forma de cruz pegadas al piso. Cerró los ojos, se persignó y se llenó los pulmones del aire viciado por las tres mil personas que habían cantado y aplaudido las canciones de la banda.

El reflector que le iluminaba la cara por fin se apagó. Como siempre, algunos lo saludaban de pie, con las manos en alto, y otros se persignaban repetidamente. Dio unos pasos hacia adelante y esperó delante del micrófono a que hicieran silencio.

—Buenas noches, Trelew. ¿Cómo están? ¿Listos para combatir este frío patagónico con el calor que nos ofrece el Señor? —dijo, y recibió una pequeña ovación—. Antes de empezar, démosle un aplauso enorme a la banda de músicos excepcionales que me acompaña esta noche.

Haciendo palmas sin demasiado entusiasmo, el pastor se giró hacia la banda y presentó uno por uno a los músicos. El baterista, el bajista y el guitarrista estaban empapados de sudor. Irma, por el contrario, tenía la ropa y el maquillaje impecables. Esa elegancia era uno de los motivos por los que se había casado con ella hacía nueve años. Le guiñó un ojo y su esposa le devolvió una sonrisa enorme, tan falsa como las que él acababa de ensayar frente al espejo del camarín.

—¿Lo sienten? —preguntó el pastor cuando la banda terminó la canción—. ¿Sienten la presencia de Jesucristo entre nosotros esta noche?

Su voz retumbó en las paredes del teatro en silencio.

—Yo sí que la siento —añadió, levantando una mano a la altura de sus ojos, con la palma apuntando hacia abajo—. Fíjense cómo me tiembla. Me pasa cada vez que el Señor viene a mí y me empuja a ayudar a mis hermanos. Repitan conmigo: Jesucristo, escuchame esta noche y te seré fiel para toda la vida.

—*Jesucristo, escuchame esta noche y te seré fiel para toda la vida.*

El pastor miró el agujero en el suelo delante de él, en el que un televisor le mostraba lo que el público veía en las pantallas gigantes que Lito había instalado a ambos lados del escenario. Sonriendo, abrió los brazos y formó con su cuerpo una cruz. A sus espaldas, unas letras doradas plasmaban su nombre sobre el telón de terciopelo azul. Se alejó un paso del micrófono e inspiró ruidosamente por la nariz, llenándose el pecho de orgullo.

Que empiece la función, se dijo.

# CAPÍTULO 6

Ariana Lorenzo jugueteó con la tarjeta que había dejado sobre la mesa, haciéndola girar entre los dedos. Detrás de ella, del otro lado de la puerta de vidrio, un chico de anteojos y pelo largo escribía a toda velocidad sobre una de las mesas largas de la sala de lectura.

—Supongo que con lo del muerto te referís a Gondar, ¿no? —preguntó la mujer.

Asentí. Javier Gondar era un periodista que escribía para *La voz de la Patagonia*, un diario de Caleta Olivia. Yo lo había conocido hacía más o menos dos años en un curso de escritura creativa. Durante un recreo él me había comentado que quería escribir una novela de terror, y yo le había hablado de mi idea para una de ciencia ficción. Después de aquel curso nos habíamos visto una sola vez, en un bar en el que terminamos tomando cerveza hasta las tres de la mañana. Sobre el final de la noche, él me contó sus problemas y yo le confié lo de Marina como si hubiésemos sido amigos de toda la vida.

Intercambiamos direcciones de email y nos agregamos en Facebook con la intención de pasarnos los manuscritos cuando estuvieran listos. Después perdimos el contacto. Yo oculté sus publicaciones en Facebook y supongo que él ocultaría las mías.

Nunca terminé el primer borrador porque por esa época Marina empeoró y no volví a sentarme a escribir. Supongo que él tampoco, porque seis meses después de nuestro breve encuentro apareció con los bolsillos vacíos y un balazo en la frente a tres cuadras de su casa.

No fue su asesinato en sí lo que atrajo el interés de toda la Patagonia, sino un video publicado en YouTube el día después, donde Gondar mismo explicaba a la cámara que tenía miedo por su vida y pedía que si le pasaba algo, investigaran al Cacique de San Julián.

—Por supuesto que me refiero a Gondar —dije.

—Nunca se comprobó que el Cacique fuese responsable de su muerte.

—No importa. Incluso suponiendo que no tuviera nada que ver, lo que hizo cuando salió a la luz ese video demuestra que es un tipo jodido.

Cuando el caso de Gondar comenzó a tener repercusión y todos los ojos se posaron sobre el Cacique de San Julián, el brujo se dedicó a repetir ante cuanto micrófono y fiscal se le puso enfrente que él había matado al periodista con un trabajo de magia negra. Aunque sus declaraciones recorrieron el país, nunca sirvieron de nada en un juzgado. El Cacique tenía pruebas de sobra de que el día del asesinato había estado en Buenos Aires.

—Es tan jodido que aprovechó lo de Gondar para promocionarse —agregué.

—Y como estrategia de marketing le vino genial. ¿Sabías que tiene la agenda completa hasta dentro de dos meses? Tuve que cobrar más de un favor para conseguir un turno para la semana que viene.

—Supongo que tenés pensado ir a hacerle una consulta para escribir tu artículo.

Ariana volvió a dejar su tarjeta sobre la mesa y le puso una mano encima con fuerza. Al levantar la mirada, me sonrió.

—No, en realidad no. De hecho, para que mi plan funcione yo soy la única persona en el mundo que no puede ir.

—No te entiendo.

—Ricardo —dijo con voz suave—, te vine a ver para pedirte que seas vos quien vaya a verlo la semana que viene y grabes todo con una de tus cámaras ocultas. Quiero que le lleves una foto mía, o un mechón de pelo.

Lo que sea. Y que le encargues que me mate con magia negra.

Los ojos huidizos de Ariana alternaban entre los míos y la mesa que nos separaba.

—¿Vos estás loca? Estamos hablando de un tipo peligroso. Con o sin magia negra, el último que intentó investigarlo terminó con una bala en la cabeza.

—Sabía que me ibas a responder eso. Plan B, entonces. Podemos pedirle que mate a alguien que vive en la otra punta del mundo. No sé... Nueva Zelanda. Lo importante es demostrar que la supuesta magia negra de este tipo no funciona.

Los paneles de aislante acústico que cubrían las paredes de la pequeña sala absorbieron mi carcajada.

—Pensé que te parecería una buena idea.

—¿Vos lidiaste con esta clase de gente antes?

—No —admitió.

—En esta ciudad hay cientos de personas a las que el Cacique les hizo un trabajo de magia negra y no se murieron, y sin embargo la gente sigue yendo a verlo. Estos vendehúmos tienen mil y una formas de justificarse cuando sus trabajos no funcionan. Dicen que el cliente no tiene suficiente fe, por ejemplo, o que la víctima goza de una protección que primero hay que romper. Eso hay que pagarlo aparte, obvio.

—Pero lo que yo te estoy planteando es exactamente lo mismo que hacés vos en tu web.

—No. Yo intento que me digan a la cara una mentira que puedo comprobar. Siempre algo del presente o del pasado, porque del futuro la tienen muy fácil para escaparse. Además, soy un aficionado, ¿entendés? Videntes, tarotistas, curanderos, ese tipo de fauna.

—¿Y por qué? —preguntó Ariana.

La miré extrañado.

—¿Por qué hacés esto? —aclaró—. ¿Qué te motiva a desenmascarar a esta gente en tu tiempo libre, cuando podrías estar disfrutando de la vida?

Disfrutando de la vida, pensé, y sonreí para mí mismo. Ya no me acordaba de qué significaba aquello. Hacía casi dos años que lo más parecido a la alegría que sentía eran mis pequeñas victorias contra ese ejército de hijos de puta. Pero alegría de verdad, no sentía desde lo de Marina.

—¿Y vos quién carajo te creés que sos para darme consejos de cómo vivir?

Dije aquello en un tono algo alto, y el estudiante de pelo largo se incorporó para mirarnos. Después de todo, el aislamiento acústico de la salita no era perfecto.

—Perdoname, pero no te puedo ayudar —agregué, más calmado.

—Está bien —dijo Ariana, levantándose de la silla—. Disculpame que te haya molestado. Lo tuyo es un hobby y lo mío es una profesión. Vos seguí avergonzando a brujos de poca monta y tarotistas de barrio.

Después de decir esto, la periodista agarró sus cosas y se fue sin saludar.

Me eché hacia atrás en la silla y miré al techo. Había algo en la actitud de esa mujer que me hacía preguntarme si sabía más de lo que decía. La forma en que se había extrañado —indignado, casi— cuando le dije que no quería meterme con un tipo así. ¿Por qué le parecía tan raro que me diera reparo un hombre que era sospechoso de haber matado al último que intentó investigarlo?

Me pregunté si era posible que Ariana Lorenzo se hubiera enterado de que yo odiaba a ese brujo más que a nadie y que era por él que había empezado con los videos en mi web.

Y también me pregunté si sospechaba que la charla que tuve con Javier Gondar la noche que nos emborrachamos fue lo que realmente terminó costándole la vida.

# CAPÍTULO 7

Conduje los cuatro kilómetros entre la universidad y el centro de Comodoro Rivadavia pensando en cómo habría hecho aquella periodista para descubrir mi verdadera identidad a pesar de mis esfuerzos por esconderla. No sólo invertía horas en distorsionarme la voz y difuminarme la cara en los videos, sino que además el sitio web estaba registrado bajo un nombre falso y alojado en un servidor en Serbia.

Quizás la explicación era más sencilla y no tenía nada que ver con Internet. Quizás una ciudad de cuatrocientos mil habitantes le quedaba chica a mi hobby. Al fin y al cabo, todavía había gente que sostenía que en Comodoro nos conocíamos todos. A lo mejor alguno de los clientes con los que me cruzaba al entrar y salir de las consultas me había reconocido en la universidad, por ejemplo. Considerando mis esfuerzos por cambiar mi imagen —que a veces hasta incluían peluca y maquillaje—, era poco probable, pero no se me ocurría otra forma de que la flaca hubiera averiguado la verdad.

Estacioné mi Chevrolet Corsa a apenas veinte metros de mi casa. Todo un logro para una ciudad a la que el auge del petróleo hacía reventar de gente y de coches. Abrí la puerta de chapa blanca que separaba el kiosco del cascarrabias de Ángel de una tienda de ropa y atravesé el pasillo largo hasta llegar a la última puerta.

La cocina de mi casa —la pocilga, la llamaban mis amigos— era tan pequeña que ni siquiera cabía la heladera. Sólo había lugar para una mesa cuadrada y dos sillas. Tres, con voluntad, pero entonces no se podía pasar al baño ni abrir el horno.

Empujando hacia un costado de la mesa los exámenes que había estado corrigiendo la noche anterior, hice lugar para mi computadora. Mientras arrancaba, agregué la taza del desayuno de esa mañana a la montaña de platos sucios que llevaba tres días prometiendo lavar. Luego fui a la habitación, y de la heladera saqué jamón y queso para prepararme un sándwich.

Lo peor de vivir solo era sentarme a comer. Intentaba hacerlo siempre con una pantalla enfrente y sin molestarme en despejar la mesa. Meterle combustible al cuerpo y listo. Había tardado casi un año desde que me había quedado solo en descubrir que una mesa desordenada y algo de ruido que tapara el ronroneo deprimente del motor de la heladera me ayudaban a comer tranquilo. Puse música de Los Redondos en la computadora.

Masticando con los ojos fijos en la pantalla, busqué en Facebook a Javier Gondar. Me sorprendió que su cuenta todavía estuviera activa. La de Marina hacía más de un año y medio que la habían cerrado, y ella había fallecido apenas cuatro meses antes que él.

Había algo raro en mirar el Facebook de alguien que llevaba dieciocho meses muerto. La foto de perfil mostraba a Gondar bronceado, sonriendo frente a un río en algún lugar de la Cordillera. Sin embargo, su muro se había transformado en una especie de libro de condolencias online, lleno de mensajes de amigos y conocidos que le decían que se lo extrañaba, o deseándole que descansara en paz. Leyéndolo, me enteré de que hacía diez días habría sido su cumpleaños número treinta y dos.

Debajo de páginas y páginas de comentarios, encontré una publicación de una tal Ángela Goiri. *No tengo fuerzas para nada, pero le prometí a Javi que colgaría esto*, decía el mensaje, e incluía un enlace a YouTube.

Recordaba haber visto aquel video en su momento, cuando todo el país hablaba de él. Dieciocho meses después, apreté play y el periodista pronunció la frase que lo había hecho aparecer en la portada de casi todos los periódicos de la Argentina.

—Me llamo Javier Gondar y si estás viendo esto es porque estoy muerto.

Según la web, aquellas palabras habían sido reproducidas más de trescientas mil veces.

—Hoy recibí la segunda amenaza de muerte por parte de Juan Linquiñao, un brujo conocido en la zona como el Cacique de San Julián —continuó Gondar—. Para los que no me conocen, soy cronista en Comodoro del diario *La voz de la Patagonia* de Caleta Olivia.

A pesar de pertenecer a provincias distintas, Comodoro Rivadavia y Caleta Olivia formaban el núcleo comercial de la industria petrolera del Golfo de San Jorge. Gondar era una de las miles de personas que recorrían cada día los setenta y siete kilómetros entre ambas ciudades para ir a trabajar.

—Hace aproximadamente tres meses decidí escribir un artículo sobre los falsos milagros del Cacique. Empecé hablando con clientes disconformes, que se sentían estafados por Linquiñao, hasta que con el tiempo pude conseguir una entrevista con él, aunque sin decirle cuál era el ángulo de mi artículo.

»Una de mis primeras preguntas fue por qué en su página web promocionaba embrujos para hacer daño a la gente con magia negra. Me contestó que lo mejor que le puede pasar a alguien que siente odio es recibir ayuda para canalizarlo, y que ése era su trabajo. También le pregunté por qué los clientes que habían hablado conmigo decían que sus servicios no servían para nada y se excusó esgrimiendo que no hay brujo, por más poderoso que sea, que pueda ayudar a quien no cree. Mucha de la gente que va a verlo, dijo, no está convencida ni tiene fe verdadera.

Típico, pensé mientras me metía a la boca el último pedazo de sándwich sin despegar los ojos de la pantalla.

—Hasta ahí, la conversación entre el brujo y yo había sido tensa pero cortés —continuó Gondar—. Sin embargo, todo cambió cuando le pregunté por Rosaura Mares. Rosaura, una mujer con deficiencia mental, fue a verlo por primera vez hace siete meses para que le hiciera un amarre con un hombre casado. Después de realizar el trabajo y cobrar por él, el Cacique aprovechó la falta de resultados para extorsionarla sistemáticamente. Cuando Rosaura se quejaba de que el hombre casado seguía feliz con su esposa, el brujo le echaba la culpa a su clienta por no tener suficiente fe, y le decía que habría que hacer otro trabajo. Al final hasta llegó a advertirle que su vida corría peligro porque alguien le había echado una maldición. Romperla, por supuesto, costaría caro.

Si no era la falta de fe, era la existencia de otro trabajo que había que anular. El *modus operandi* que describía Gondar era de manual.

—Al quedarse sin dinero —prosiguió el periodista—, Rosaura llegó a acudir a un banco para solicitar un préstamo. Cuando le preguntaron para qué lo necesitaba, contestó con la verdad. Yo me enteré de todo esto por casualidad, cuando un amigo que trabaja en ese banco me comentó, como una curiosidad, que había denegado un crédito destinado a pagar los servicios de un brujo.

»Al principio, el Cacique desestimó mis preguntas casi riéndose, recordándome que Rosaura tenía un problema mental. Sin embargo, cuando le señalé que eso justamente hacía más fácil aprovecharse de ella, Linquiñao perdió los estribos. Se puso furioso y empezó a maldecirme, gritándome frases en un idioma que no reconocí. Luego me dijo que tuviera cuidado, no fuera cosa que terminara en una zanja con un tiro en la cabeza.

»Dos días después de aquella entrevista, se publicó en *La voz de la Patagonia* mi artículo *El Cacique de San Julián, un ladrón de esperanzas*. Esa mañana Juan Linquiñao me llamó por teléfono. Sus palabras textuales fueron "Pibe, estás muerto".

»No era la primera vez que alguien me amenazaba, así que no le hice demasiado caso. Sin embargo, entre ayer y hoy he descubierto indicios de que el Cacique de San Julián es mucho más peligroso de lo que yo pensaba. Todavía son sólo sospechas, pero si logro comprobar que este hombre es el monstruo que creo que es, mi vida corre peligro de verdad. Ya hice la denuncia formal en la policía, pero también quiero dejar un registro público, por eso este video. Pido a las autoridades, a la prensa, a los políticos y a quien sea que, si me pasa algo, investiguen a Juan Linquiñao.

Tras unos segundos de silencio, el periodista forzó una sonrisa y apagó la cámara. Una búsqueda en Google me reveló que habían pasado diecisiete horas entre esa sonrisa y el momento en que una mujer, de camino al trabajo, encontró a Javier Gondar con un tiro en la cabeza.

Aparté la mirada de la pantalla y volví a hacerme la pregunta que un año y medio atrás había estado en boca de muchos. Si Gondar sospechaba algo tan terrible sobre el Cacique, ¿por qué no lo explicaba en el video? Todo el mundo parecía tener una respuesta diferente a aquello. Hasta hubo opinólogos en programas de televisión de las dos de la tarde que insistieron en que Gondar realmente no estaba muerto. Decían que ese video era sólo una movida publicitaria del Cacique. Los medios más serios, por otro lado, se decantaban por la teoría de que el periodista no había dado detalles para no dificultar el trabajo de investigación de la policía.

Conjeturas había miles. Explicaciones, ninguna.

# CAPÍTULO 8

El volantazo que pegué cuando por fin vi un lugar para estacionar me hizo ganarme varios bocinazos. Merecidos, pero no opacaron en lo más mínimo la sensación de victoria al poder apagar el motor después de veinte minutos dando vueltas por el centro.

Bajé por Pellegrini con las manos en los bolsillos y el mentón metido en el cuello de mi campera. Una ráfaga de viento helado me llenó los ojos de arenilla y felicité una vez más al genio al que se le había ocurrido fundar la ciudad junto a un enorme cerro de tierra en la región más ventosa del país.

La calle San Martín hervía de gente. Oficinistas, promotoras del Telebingo y trabajadores del petróleo haciendo compras en sus días libres. En cada manzana, dos policías caminaban sin prisa con las manos metidas entre el uniforme y el chaleco antibalas.

—¿Cómo andás, amigo? ¿Querés probarte unos lentes? —me ofreció en una esquina un hombre senegalés, señalando una mesa llena de anteojos de sol, anillos y pulseras.

—No gracias, en otro momento.

—Que tengas un buen día, che —me despidió con perfecto acento argentino, regalándome una sonrisa blanca.

Esquivé gente durante dos cuadras hasta llegar a la vieja galería de negocios de bajo caché a la que me dirigía. Subí los escalones hacia la santería "El Arcángel", intentando recordar cuándo había sido la última vez que había visto a Gaby. Un mes, por lo menos.

Me detuve frente a la puerta de vidrio de la santería. Del otro lado, Gaby leía el diario inclinado sobre el mostrador, apuntándome con su calvicie prematura. Como si hubiera notado que lo observaba, levantó la vista del periódico y me sonrió con sus dientes perfectos, haciéndome un gesto para que entrara.

—Ah, pero miren a quién tenemos por acá —dijo apenas abrí la puerta del local impregnado de olor a incienso y velas—. Profesor Varela, ¿cómo le va, eminencia?

—¿Siempre vas a ser tan boludito vos? —le pregunté, inclinándome sobre el mostrador para darle un beso—. ¿Cómo estás, primito?

—No me puedo quejar. Hoy vendí un montón de velas e imágenes. Se acerca el día del Profeta Elías y la gente compra para agradecer.

Decidí no preguntar quién era el Profeta Elías y ahorrarme media hora de explicación.

Gabriel y yo éramos primos hermanos. Su madre y mi padre eran mellizos. Gaby tendría cuarenta y pocos años, y se dedicaba al ocultismo desde la adolescencia. Siempre con seriedad, creyéndoselo. Al principio había sido vidente y tarotista, pero con el tiempo se fue decantando por la venta de materiales. En su ferretería de lo oculto, como se refería él a veces a "El Arcángel", había desde crucifijos y vírgenes a velas negras y dagas con mango de cuerno de ciervo. En cualquier fiebre del oro, me había dicho alguna vez, la guita de verdad la hacen los que venden los picos y las palas.

—¿Qué andás haciendo por acá, Ricky?

—Nada. Pasé a tomar unos mates antes de irme para la uni.

Mi primo me miró a los ojos e inclinó la cabeza con una sonrisa incrédula.

—Pasá para este lado —dijo, señalando el espacio entre el mostrador y una estantería llena de velas de colores con forma de vírgenes, pirámides y puños.

Rodeé el mostrador y nos metimos en la parte de atrás de la santería, donde había una cocinita, un baño y un pequeño cuartito lleno de cajas con mercadería. El centro de aquella sala lo ocupaban cuatro sillas alrededor de una mesa forrada de paño negro. Sobre ella había un mazo de cartas de tarot.

—Sentate —dijo, encendiendo una luz amarillenta.

Noté un colchón y una almohada escondidos detrás de una pila de cajas de cartón, junto a una de las paredes.

—Ya no daba para más con Mónica —explicó mi primo—. Hace casi un mes que estoy viviendo acá. Es por un tiempo, hasta que encuentre un alquiler más o menos barato. Viste cómo están los precios. Si no trabajás en el petróleo, estás en el horno.

—En el petróleo o en la universidad. Nosotros también estamos forrados en guita.

Gaby se rió y vació la yerba vieja del mate en la basura.

—Decime la verdad. ¿Qué me viniste a preguntar, primo? —dijo, todavía dándome la espalda—. ¿Qué es lo que no encontrás en Internet esta vez?

Gabriel era la única persona que sabía que la web *Cazador de Farsantes* era mía. Al menos la única antes de que apareciera Ariana. Había sido él quien me había dado los primeros consejos para desenmascarar a alguien que estafaba a la gente fingiendo tener poderes. Gaby era una especie de consultor en mi pequeña cruzada contra los que él consideraba simples impostores.

—El Cacique de San Julián —dije, barajando las cartas de tarot.

Al oír ese nombre, se giró hacia mí.

—No —dijo—. Ni se te ocurra meterte con ese tipo. Es de los pesados.

—¿Qué sabés de él? —pregunté, fingiendo ignorancia total.

A pesar de que Gaby conocía mi hobby, no tenía idea de cómo había empezado todo. Yo, que más de una vez me había reído de su trabajo, tuve vergüenza de contarle en su momento que mi mujer estaba yendo a ver a un curandero. Y a pesar de que ya habían pasado casi dos años, nunca me animé a decirle que mi web de cámaras ocultas había nacido de mi rabia hacia el Cacique.

—Es un chamán de toda la vida —explicó Gaby—. Hace sanaciones, trabajos para atraer dinero y ese tipo de cosas. Al principio se dedicaba sobre todo a enfermedades, pero últimamente hace mucha magia negra. Especialmente desde que apareció en televisión diciendo que había matado a ese periodista con un hechizo. Ahora la mayoría de sus clientes son gente que le quiere hacer mal a otros.

—¿Una especie de asesino a sueldo esotérico?

—Esotérico o no —dijo mi primo—. Gondar apareció con un balazo en la cabeza.

—Hay quien dice que eso fue una casualidad. A lo mejor la muerte de Gondar fue simplemente un golpe de suerte —esgrimí, haciendo de abogado del diablo.

—Sería demasiada casualidad, ¿no te parece? El pibe ese hasta grabó un video responsabilizándolo si le llegaba a pasar algo. Yo creo que el Cacique lo mandó matar mientras él estaba fuera de la ciudad, para asegurarse de que no lo pudieran involucrar. Después vio la veta publicitaria y dijo a los medios que lo habían asesinado a raíz de su hechizo. Que las fuerzas oscuras actúan de manera extraña y todo ese chamuyo.

—¿Entonces vos creés que hizo esas declaraciones para ganar clientes?

—Yo lo que sé es que antes de que muriera el periodista, el Cacique tenía una lista de espera de dos semanas, más o menos. ¿Sabés cuánto hay que esperar hoy para que te atienda? Un mes y medio. Ese tipo debe estar facturando por día lo que nosotros ganamos en un mes.

—Sí, pero si antes también venía trabajando bien, ¿por qué se iba a ensuciar las manos haciendo asesinar a alguien?

Gaby se quedó un instante en silencio, la bombilla del mate rozándole los labios.

—La respuesta fácil sería codicia, pero a mí esa explicación nunca me terminó de convencer. Para mí que Gondar le venía siguiendo los talones en algo grande. Algo lo suficientemente importante como para que el Cacique decidiera borrarlo del mapa. Y después, cuando apareció el video, el tipo vio la oportunidad y dijo que sí, que él le había hecho un trabajo de magia negra. Hay que tener muchísima sangre fría para algo así.

Me quedé callado, jugando con las cartas de tarot entre mis dedos. Recordé las palabras que Javier Gondar había dicho en el video. *Si logro comprobar que este hombre es el monstruo que creo que es, mi vida corre peligro de verdad.*

—¿Y a vos cuál te parece que sería la mejor forma de desenmascarar a un tipo así? —pregunté.

Nos interrumpió el sonido de la campanita de la puerta.

# CAPÍTULO 9

Desde el cuartito donde tomábamos mate, oí todo lo que mi primo hablaba con la mujer que acababa de entrar. Venía a buscar incienso para ahuyentar la mala onda de su negocio de ropa. Por su voz, supuse que andaría cerca de los cuarenta. Por la de mi primo, intuí que estaba buena.

Seguí barajando el mazo de cartas de tarot, resignado a esperar.

—Estar separado tiene sus ventajas —dijo Gaby cuando volvió, mostrándome su teléfono como si fuera un trofeo—. Puedo agendar números sin culpa.

Con una sonrisa socarrona levantó el termo de la mesa y puso más agua a calentar.

—¿Vos creés que el Cacique tiene poderes de verdad? —pregunté.

Gaby dio media vuelta y se volvió a sentar a mi lado. Entonces me habló con parsimonia, con el tono de un adulto que intenta explicar un tema complejo a un niño.

—Ricardo, escuchame bien lo que te voy a decir. El negocio del Cacique es destruir a otros. No importa si nosotros creemos o no en lo que él hace. De hecho, ni siquiera importa si su magia negra funciona o no. Estamos hablando de un tipo que se dedica a meterle mala onda a este mundo, ¿entendés? Sirvan o no, sus trabajos son para hacerle la vida peor a alguien.

—¿Y no tendría más sentido quitarle la careta a alguien así que a una tarotista de barrio? —pregunté, señalando a mi primo con el mazo que tenía en la mano.

—Me parece que te estás olvidando de algo importante. El riesgo, primito. Éste es un tipo pesado, que estuvo preso, dicen que movía droga y, como si eso fuera poco, probablemente hizo desaparecer al último que lo quiso investigar.

—Eso no se sabe.

—No importa. Incluso si lo de Gondar fue una casualidad, el Cacique no es el tipo de persona que se va a quedar de brazos cruzados si descubre que alguien amenaza a su gallina de los huevos de oro. Ese hombre es peligroso de verdad, y además tiene el respaldo de mucha gente importante.

—¿Quiénes?

—Organiza sesiones especiales de magia negra para tipos con mucha guita. Ejecutivos, policías de alto rango, políticos, se mueve a ese nivel.

—¿En serio esa gente va a ver a un brujo?

—Sí, pero nunca a su consultorio, porque tienen una imagen que cuidar. Se rumorea que esas sesiones VIP las organiza cada vez en un lugar nuevo. Algunos dicen que en casas abandonadas, pero yo eso lo tomaría con pinzas. A la gente le encanta inventarse historias sobre todo este mundillo.

—Ésa sí que sería una buena cámara oculta. En lugar de desenmascarar al brujo, escrachar a los clientes. Imaginate filmar a un pez gordo sometiéndose a un ritual de magia negra. Un comisario, un concejal, algo de ese calibre.

Mi primo negó con la cabeza, resignado, y me extendió otro mate. Después dijo algo sobre la clienta que acababa de irse, como para cambiar de tema, y nos terminamos el termo mientras me contaba sus aventuras de hombre separado.

—Bueno, me voy que tengo una clase a las dos —dije después de un rato, poniéndome de pie.

Gaby dio vuelta la primera carta del mazo que yo había barajado durante nuestra charla. Un hombre vestido de azul y rojo pendía cabeza abajo atado de un tobillo.

—El colgado —dijo mi primo—. Simboliza alguien dispuesto a sacrificar su vida por mejorar las cosas.

—Ésas son todas boludeces.

Gaby se encogió de hombros y se limitó a señalar con el índice la carta sobre el terciopelo negro.

# CAPÍTULO 10

Marina abre la puerta de la casa que alquilamos en el barrio Roca y entra cargada de bolsas de supermercado.

—¿Cómo estás, Gordi? —me pregunta.

—Bien, ¿qué compraste? —respondo, dándole un beso.

Cuando sus labios entran en contacto con los míos, deja caer las bolsas al suelo. Los ojos asustados con los que me mira ahora me hacen recordar su enfermedad, y siento un nudo de angustia cerrándose en mi garganta. Me agarra de la mano y tira de mí hasta sacarme por la puerta por la que acaba de entrar.

No salimos a nuestro jardín de tierra gris y caléndulas de la casita del barrio Roca, sino a un consultorio de techos altos donde una médica de pelo recogido y anteojos gruesos nos da la mano con una sonrisa incómoda. Apenas nos sentamos frente a su escritorio, le dice a Marina que tiene los resultados de sus análisis, y le pregunta si quiere que yo esté presente mientras se los explica. Marina dice que sí con voz segura, pero su mano, todavía entrelazada con la mía, tiembla.

La mujer habla de células, de crecimiento y de tratamientos paliativos. Entre cuatro y nueve meses, dice antes de que Marina salga corriendo del consultorio. Yo voy detrás y entonces estamos otra vez en la entrada de nuestra casa, y ella vuelve a tener las bolsas de la compra en la mano. Las deja en el suelo despacio y me abraza. Al sentir su perfume, no puedo evitar llorar.

Entonces ella me mira a los ojos y me ofrece una sonrisa. No te preocupes, vamos a buscar tratamientos alternativos. Me hablaron de un sanador que se especializa en este tipo de enfermedades. Dicen que es muy bueno. Lo llaman el Cacique de San Julián.

Me desperté sentado en la cama, empapado de sudor. Mi peor pesadilla era ese recuerdo. Ver a Marina desesperada, gastando los últimos días de su vida agarrándose a cualquier esperanza de quedarse junto a mí. Y cada vez que volvía de una sesión con ese hijo de puta, sonreía y me contaba que ella creía que estaba funcionando. Que se sentía mejor y que él le decía que, con su ayuda, para curarse sólo necesitaba voluntad.

Cerré los ojos y me concentré en controlar el nudo en la garganta. Llorar ya no me aliviaba, así que trataba de evitarlo.

Salí de la cama de un salto y encendí la computadora. Reproduje un video que había visto decenas de veces en los últimos dos años. Con él había nacido la idea de mi web, y lo miraba antes de salir a hacer cada una de mis cámaras ocultas. Era una forma de recordar por qué me dedicaba a desenmascarar a esos charlatanes.

La grabación duraba diez minutos, y era un reportaje que había hecho el Canal Nueve de Comodoro sobre Juan Linquiñao, el Cacique de San Julián. En él mostraban la casa enorme que tenía el brujo en Rada Tilly y el hotel en Punta del Este en el que había veraneado el año anterior.

A los tres minutos y medio se veía una grabación de diez segundos en la que Linquiñao salía del restaurante del hotel Lucania. Un periodista lo interceptaba para preguntarle si él había tenido algo que ver con el asesinato de Javier Gondar.

Al oír aquel nombre, el Cacique se detenía, se giraba hacia el periodista y le decía unas palabras que yo me sabía de memoria.

—Por supuesto que tuve que ver. Le hice un trabajo de destrucción y a la semana apareció muerto. Me gano la vida con esto, soy un profesional de la magia negra.

—¿Y por qué le hizo ese trabajo? —preguntaba el periodista.

—Por encargo.

—¿De quién?

—Eso no se lo puedo decir. Es confidencial.

—¿Y no le tiene miedo a la justicia?

—Que yo sepa, la ley no contempla el homicidio a distancia. El día que murió ese hombre yo estaba en Buenos Aires.

El reportaje continuaba con un científico que hacía un análisis de laboratorio a las pociones de colores que el Cacique administraba a quienes acudían a él por enfermedades.

—No es más que agua, azúcar y colorante para repostería —decía el hombre vestido de blanco, sosteniendo entre sus dedos un tubo de ensayo lleno de un líquido rojo igual al que el Cacique le había dado a mi mujer.

El video terminaba con una imagen que yo tenía grabada en la retina. Se veía en primer plano la cara de nariz ancha del Cacique de San Julián, el tipo que había engañado a Marina en los últimos días de su vida.

# CAPÍTULO 11

Justo cuando terminé de servirme el segundo vaso de cerveza negra, Néstor puso sobre la mesa un platito con aceitunas.

—Para ir engañando el estómago mientras esperás, Richard.

Néstor trabajaba en Puerto Mitre, la pizzería de la esquina de mi casa, desde que yo me había mudado al barrio hacía cuatro años. No me acuerdo cuándo ni por qué empezó a llamarme Richard.

Era viernes y no cabía un cliente más en el pequeño local. Las conversaciones de los comensales y los ruidos de cubiertos rebotaban en las paredes de color bordó, fundiéndose en un murmullo monótono.

Todavía masticaba la primera aceituna cuando Ariana abrió la puerta y una ráfaga de viento helado invadió la pizzería.

—¿Llego tarde? —preguntó después de darme un beso y sentarse del otro lado de la pequeña mesa.

—Para nada. Yo llegué hace dos minutos —dije con una sonrisa burlona, señalando la botella casi vacía.

—Buenas noches —interrumpió Néstor acercándose a la mesa—. Les dejo la carta.

Nos decidimos por una grande de pollo gratinado. Mientras esperábamos, le empecé a hablar sobre mis restaurantes favoritos en la ciudad, pero ella prefirió ir al grano.

—Bueno, Ricardo, me llamaste y acá estoy —dijo en cuanto se hizo el primer silencio.

Tomé un trago de cerveza antes de hablar.

—Supongamos por un momento que acepto ayudarte con el Cacique de San Julián. ¿En qué consistiría exactamente mi papel?

Ariana contestó rápido, como si se hubiera traído la respuesta preparada.

—Yo creo que deberíamos empezar por ir a verlo. Como te dije el día que nos conocimos, conseguí un turno para dentro de una semana. Si no querés ir solo y pedirle que me haga un daño, podemos ir juntos. Lo importante es verlo en acción. Y grabarlo.

—¿Para qué querés imágenes de él? La calidad del video de mis anteojos es demasiado baja como para imprimir una foto en el diario.

—Me interesa más el audio que el video. Saber qué dice y cómo habla, para poder contar la historia lo mejor posible. ¿Sabías que mientras escribía *A sangre fría*, Truman Capote se hizo amigo de los asesinos, y hasta les consiguió un abogado?

—Sí, y también sé que después de ese libro nunca más pudo terminar otro.

Ariana rió, llevándose una aceituna a la boca.

—¿O sea que querés escribir un libro sobre el Cacique? —pregunté.

—Para nada. Yo me aburro demasiado pronto como para pasarme un año entero con la misma historia. A mí sólo me interesa publicar un artículo en *El Popular* y después cambiar. Buscar la siguiente noticia.

Sonreí. Quizás ese libro lo tenía que escribir yo. Al fin y al cabo, llevaba dos años siguiéndole los pasos a Linquiñao. Odiándolo desde lejos.

—Lo importante es ir familiarizándonos con él —prosiguió Ariana—. ¿En eso estamos de acuerdo, sí o no?

Asentí con la cabeza al mismo tiempo que Néstor ponía la pizza sobre la mesa.

—¿Y a vos por qué te interesa el Cacique? —pregunté, sirviéndole una porción.

—Por lo mismo que debería interesarte a vos. Porque es un estafador que se aprovecha de gente desesperada para quitarles lo poco o mucho que tienen.

—Sí, pero de ésos hay miles. Está la Sin Dientes, está el médium que atiende los jueves en el bar El Águila, está la pareja que hace trabajos para atraer dinero en el cuarto piso de ese edificio alto en Rada Tilly. ¿Por qué, de todos los charlatanes que le roban a la gente en esta ciudad, elegiste el único que es sospechoso de un asesinato?

—Te lo dije el día que nos conocimos. Porque trabajo para el diario más importante del país, y vamos detrás del pez más gordo.

—Y el más peligroso.

—Las cosas fáciles puede hacerlas cualquiera.

Asentí en silencio, sirviéndome otro pedazo. Esperé a ver qué más tenía para decirme, pero cambió de tema y no volvió a hablarme de Linquiñao hasta que la tabla de madera entre nosotros estuvo vacía.

—¿Algún postre? —preguntó Néstor—. Menos flan con dulce de leche, nos quedan todos los de la carta.

Ella se pidió un bombón suizo y yo un *affogato*, un café con helado de vainilla.

—¿Y? ¿Me vas a ayudar con esto sí o no? —preguntó después de la primera cucharada.

Lo pensé una vez más, aunque ya había tomado esa decisión muchas horas antes, tirado en la cama mirando el techo tras soñar con Marina. Más de un año practicando con charlatanes de bajo calibre ya era suficiente.

Miré a Ariana y asentí con la cabeza mientras el frío del helado y el calor del café me bajaban por la garganta al mismo tiempo.

# CAPÍTULO 12

El público festejó el sermón de veinte minutos con una ovación que el pastor Maximiliano recibió con las manos en alto.

—Todos ustedes, absolutamente todos, son tocados esta noche por la mano del Señor. Sin embargo, como sabrán, Jesucristo a veces me menciona el nombre y apellido de alguien que necesita especial ayuda. Alguien que no sólo requiere mi energía para salir adelante, sino la de todos nosotros.

El pastor hizo una pausa y se apretó los ojos con el pulgar e índice. Levantó la otra mano abierta hacia el público pidiendo silencio y las voces del teatro se apagaron. Tensando los músculos de la cara sin quitarse los dedos de los párpados, intentó concentrarse. Luego de unos segundos, por fin oyó la voz.

—¿Hay alguna Juana en la sala? —preguntó al micrófono repitiendo el nombre que acababa de escuchar.

Varias mujeres levantaron la mano.

—¿Juana Mansilla?

Las manos bajaron rápidamente, menos la de una anciana de cuerpo diminuto.

—Venga, Juana, suba al escenario, por favor —indicó el pastor.

La mujer caminó lento, arrastrando unos pasos cortos en el suelo del teatro. Lito, el asistente, la ayudó a subir los escalones.

—Buenas tardes, Juana —dijo el pastor, y puso el micrófono frente a la mujer.

—Buenas tardes, pastor.

—¿Sabe que anoche Jesucristo se apareció en mis sueños y me habló de usted?

La anciana se llevó una mano temblorosa a la boca.

—Me dijo que enviudó hace seis años y que tiene una nieta que es un ángel. Mariela se llama, ¿verdad?

Juana Mansilla asintió con la cabeza, incapaz de soltar una palabra. Al ver la primera lágrima rodar por las mejillas arrugadas, el pastor sonrió. Una vez más, iba por buen camino.

—¿Cómo sabe usted eso? —preguntó la mujer.

—Juana, antes de que sigamos, hágame un favor —dijo el pastor señalando a la multitud con la palma abierta—. Cuéntele a esta gente que nosotros nunca antes hemos hablado.

—Lo juro por el Señor —respondió la mujer entre sollozos, persignándose.

—Otra cosa que me dijo Él fue que usted tiene un problema de salud en este momento. ¿Puede ser?

—Sí.

—Algo serio. Una enfermedad degenerativa en los intestinos.

La mujer asintió con la cabeza.

El pastor giró sobre sus talones y se dirigió al público, gritando en el micrófono.

—Esta noche, van a ser testigos de un milagro. Porque Jesucristo puede curar lo incurable y reparar lo irreparable. ¿Saben lo que me dijo anoche, en mis sueños? Sánala en mi nombre, Maximiliano. Anoche Jesús me dio la cura para Juana, que no viene en pastillas, ni en inyecciones, ni en bisturíes. Esa cura es puro amor del Señor.

La multitud festejó una vez más las palabras del pastor, y éste tomó aire con la mirada fija en la cintura de la anciana. Sonriendo, le puso la mano abierta sobre el vientre y habló al micrófono, elevando la voz con cada frase.

—Fuera, Satán del cuerpo de Juana. Tu poder no puede con el de Dios. Vete Satán y contigo el sufrimiento. ¡Fuera!

Maximiliano Velázquez acompañó esta última palabra con un empujón en la frente de la señora, quien comenzó a caer de espaldas. Igual que al resto, Lito la atajó antes de que se estrellara contra el suelo.

—Cuando te levantes, Juana, la enfermedad se habrá ido. Aleluya.

—Aleluya —repitió todo el teatro, rompiendo en un aplauso mientras la mujer besaba al pastor y bajaba del escenario.

—No sólo de Juana me habló Jesucristo anoche. Fue un sueño largo, y charlamos de muchos de ustedes.

El pastor hizo una pausa antes de seguir hablando y volvió a apretarse los ojos con los dedos. En parte, lo hacía para ponerle suspenso a su espectáculo. Pero sobre todo, para concentrarse en escuchar el nombre de la siguiente persona que le dictaban por el pequeño auricular color piel que llevaba dentro del oído izquierdo.

# CAPÍTULO 13

Marina se murió cuando todavía era perfecta. Llevábamos siete años juntos, y aún nos reíamos cada mañana al desayunar. No tuvimos tiempo de aburrirnos el uno del otro, ni de cometer errores irreparables.

Quizás si ella no se hubiera enfermado, con los años la relación se habría vuelto gris, como muchas otras. Quizás nos habríamos lastimado, o hubiéramos tenido un desencuentro a la hora de decidir si tener hijos o comprarnos una casa. Pero no hubo tiempo a que nos pasara nada de eso, y Marina se murió perfecta.

—¿No me vas a contar por qué lo hacés? —repitió Ariana mientras se probaba la tercera de las pelucas que, según me dijo, le había prestado un amigo que trabajaba en una compañía de teatro. Ésta era de pelo rubio, corto y ondulado.

Estábamos en mi casa. Sobre la pequeña mesa de la cocina, el maletín de aluminio con el maquillaje que a veces usaba para mis cámaras ocultas estaba abierto, y Ariana se miraba en el espejo pegado a unas de las tapas.

Era viernes a la hora de la siesta. Ella había llegado hacía veinte minutos con una bolsa llena de ropa y accesorios para disfrazarnos antes de ir a ver al Cacique. Yo, que los viernes no tenía que dar clase en la universidad, me había levantado temprano para ordenar un poco la casa. Incluso la habitación, que en principio Ariana no tenía por qué ver.

—Creo que ya te lo dije. Porque me duele que se aprovechen de la gente en momentos difíciles, cuando son más vulnerables.

—¿Y cómo se te ocurrió empezar con la web? ¿Tuviste alguna experiencia en tu vida que te llevara a hacer algo así?

Tuve otra vez la sensación de que Ariana sabía más de mí de lo que me había contado.

—Con esa peluca te parecés a Marilyn Monroe —respondí.

Me dedicó una sonrisa en el espejo del maletín, y no supe si era por lo de Marilyn o por mi forma absurda de cambiar de tema. Sin decir una palabra, agarró un delineador de ojos y se dibujó un punto en la mejilla izquierda.

—Ahora sí —dijo.

—Te falta cantarme *Happy Birthday Mr President*.

—Y a vos te falta parecerte a un presidente —dijo soltando una carcajada y pasándose la lengua por el pulgar para borrarse el lunar pintado—. No creo que Kennedy haya tenido nunca ese *look*.

Era cierto. No me había afeitado en la semana que había pasado desde la noche en Puerto Mitre. Mi cara estaba ahora cubierta por una barba castaña, quizás algo más rojiza que mi pelo, que en ese momento llevaba engominado hacia atrás.

—Es verdad —concedí—, aunque algo en común sí que tengo con cualquier presidente. Los dos lidiamos con mentirosos profesionales.

Ariana titubeó un poco, como si no estuviera segura de lo que estaba por decirme.

—¿No te parece un poco intolerante pensar así? Digo, deberíamos respetar las creencias de los demás.

Antes de hablar, alcé el dedo. Tenía aquella respuesta ensayada mil veces.

—Creencias —dije—, ahí está la clave. Yo respeto a los que creen y no tengo nada contra ellos. Los que detesto son los que *no* creen, y además cobran. Una cosa es prometer una cura milagrosa convencido de que existe, y otra muy distinta es hacerlo sabiendo que es una mentira. Como cuando analizaron en un laboratorio muestras de los brebajes del Cacique y resultó ser sólo agua, azúcar y colorante.

—Pero aunque pasaron eso en televisión, la gente lo sigue yendo a ver.

—Se llama sesgo de confirmación. Suponete que yo realmente quiero creer que el Cacique tiene poderes. Entonces aparecen dos personas, una dice que los análisis químicos indican que es todo una farsa y la otra asegura que a su primo el tipo le curó una hernia de disco. ¿A cuál de las dos historias te parece que le voy a dar más valor?

—A la que dice lo que vos querés oír —contestó Ariana mientras se acomodaba una peluca negra y rizada.

—Exacto. Es como buscar en Google la frase más absurda que se te ocurra, no sé, "electrocutarse disminuye la impotencia", por ejemplo, y creer que es verdad porque alguien la escribió.

—Qué ejemplito, ¿eh? —rió, mirándome en el espejo.

Seguimos charlando durante un rato mientras Ariana se probaba otras pelucas. Finalmente, decidió que ninguna se veía lo suficientemente real, y se hizo una trenza con su verdadero pelo.

—Bueno, llegó el momento de conocer a Linquiñao. ¿Estás listo? —preguntó, consultando la hora en su teléfono.

—Listo —contesté.

Me miré una vez más en el espejo. Entre el pelo engominado y la barba, estaba irreconocible. El toque final lo daban los anteojos de marco grueso, que tenían la batería cargada y la memoria vacía. Podríamos grabar dos horas y medias de video.

—Ah, un detalle imprescindible —dijo Ariana, y de su bolsillo sacó una cajita roja con dos anillos de plata—. Probate éste.

—Me queda un poco suelto, pero no creo que se caiga —dije, sacudiendo la mano—. ¿De dónde los sacaste?

—Los tengo desde hace un tiempo.

—¿Eran de tus padres? —arriesgué.

Noté que se tensaba mientras pensaba en qué responderme.

—No tanto tiempo —dijo.

# CAPÍTULO 14

Irma Keiner se despertó con un tintineo metálico. Entrecerrando los ojos para enfocar, vio al pastor de pie, abrochándose el cinturón junto a la cama.

—¿Te vas? —le preguntó. La voz le salió ronca, como cada mañana después de cantar las catorce canciones en la presentación.

—Tengo que hacer unos trámites —le respondió él con una sonrisa.

Irma miró el reloj. Apenas habían dormido cuatro horas.

—¿Trámites?

Sin contestar, el pastor se metió la camisa adentro del pantalón y le tiró un beso.

—¿Qué trámite vas a hacer en Trelew un domingo a las siete de la mañana? —insistió.

—Nada. Cosas mías. Quise decir que me voy a caminar por ahí. No sé por qué dije trámites.

Irma se arrodilló en la cama y su torso quedó al descubierto. Se acercó a su marido de rodillas y abrió los brazos. El pastor aceptó el abrazo.

—Últimamente estoy preocupada por vos, Maxi. Te veo raro, y si te pasa algo me gustaría que me lo contaras. A lo mejor te puedo ayudar.

—Me voy a caminar un rato, nada más. Necesito pensar...

Su marido dejó la frase a medias, e Irma reconoció la mueca de dolor en su cara. El pastor se sentó en la cama junto a ella, llevándose ambas manos al estómago.

—¿Ves? Yo sabía que te pasaba algo. Hace días que vengo viendo los gestos que hacés. Te volvieron los dolores, ¿no?

—¡Dejame en paz, Irma! No me rompas tanto las pelotas, por favor. Me quiero ir a dar una vuelta y punto. Y esto es un dolorcito, nada más. No tiene nada que ver con el páncreas.

—Maximiliano, hace dos años fue justamente un dolorcito en el estómago lo que te terminó de convencer de que tenías que ver a un médico. ¿Por qué no te quedás conmigo y me contás exactamente lo que te está pasando?

Rodeó el cuello de su marido con los brazos y le dio un beso en la mejilla sin afeitar. Con un movimiento suave, el pastor la apartó y se puso de pie. Sin decir nada, le tiró un beso y le guiñó un ojo antes de salir de la habitación del hotel Palace de Trelew.

Irma se dejó caer sobre el colchón. Mierda, pensó. No quería vivir aquello por segunda vez. Los dolores, los médicos, los tratamientos y la incertidumbre de si existía o no la posibilidad de un final feliz.

Allí mismo, desnuda sobre la cama deshecha, empezó a rezar en voz baja.

Por Maximiliano. Por un final feliz.

# CAPÍTULO 15

El aire estaba cargado de humo de tabaco y una gruesa cortina de terciopelo negro cubría la única ventana de la sala. La escasa luz provenía de dos velas amarillas a los costados de una larga mesa de madera. En el centro había un cenicero y una montañita de polvo amarillento. Parecía polenta.

—Bienvenidos, adelante —dijo la inconfundible voz destruida por el tabaco y el alcohol.

Incluso en la penumbra, reconocí la nariz aguileña del hombre de pelo largo sentado del otro lado de la mesa. El Cacique de San Julián se levantó de su silla y nos extendió la mano.

—Juan Linquiñao, para servirles —nos dijo, y el cigarrillo que apretaba en la comisura de los labios se movió de arriba abajo al compás de las palabras.

Al mirarlo por primera vez a los ojos, sentí una especie de decepción. Esperaba una mirada siniestra y una sonrisa falsa. Sin embargo, los ojos del hombre que teníamos enfrente parecían buenos y comprensivos. Me pregunté si aquella mirada dulce habría tenido algo que ver con que Marina decidiera volver a ese mismo lugar semana tras semana.

La mano de uñas largas del Cacique todavía colgaba en el aire. Al ver que yo seguía con las mías en los bolsillos, Ariana se apresuró a estrecharla con sus dedos finos y largos.

—Mi nombre es Verónica Vargas y él es mi marido, Valerio Paredes.

—Mucho gusto —me dijo.

Saqué la mano del bolsillo lentamente, y sentí el tacto suave y cálido de la suya.

—¿En qué puedo ayudarlos? —nos preguntó, acomodándose en una silla giratoria que le pegaba más a un estudio de abogados que al consultorio de un curandero.

—Bueno, es un tema algo complicado —dijo Ariana mientras nos sentábamos frente a él, del otro lado de la mesa.

Entonces oímos un sonido que no encajaba en aquella sala oscura, como si un pájaro acabara de piar.

—Éste es Eros —dijo el Cacique levantando su puño izquierdo.

Un pequeño pollito asomó la cabeza amarilla entre los dedos, y Linquiñao le pasó una uña por el plumaje. Fijé la mirada en el animal durante unos segundos, para asegurarme que la cámara lo captara.

—Me decía que vienen por un tema complicado, ¿no? —prosiguió, dirigiéndose a Ariana como si nada—. No se preocupen, todos los temas que trato son complicados. Y casi siempre se reducen a salud, dinero o amor. Por algo la gente brinda por esas tres cosas. En el caso de ustedes, presiento que vienen por una cuestión de amor.

Más que un presentimiento, es lo que te dijimos cuando llamamos por teléfono para confirmar la cita, pensé, pero me limité a asentir.

—¿Cuál es el problema en la pareja?

—Hay una tercera en discordia. Mi hermanastra —dijo Ariana—. Se pavonea delante de Valerio, insinuándosele. Lo toca más de la cuenta y aprieta los pechos contra él cada vez que puede.

—Y uno no es de piedra, ¿sabe a lo que me refiero? —dije, siguiendo al pie de la letra el guión que habíamos preparado—. A pesar de que ella no es para nada mi tipo, hubo un día que simplemente no me pude resistir.

—Desde ese día, nuestra pareja se destruyó —agregó Ariana—. Ya no tenemos casi relaciones sexuales y nos peleamos por cualquier pavada.

—Entiendo —asintió el Cacique mientras le daba una pitada larga y lenta al cigarrillo—. No hace falta que me diga nada más, señora. Y usted, Valerio, seguro que se ha sorprendido más de una vez pensando en esta mujer mientras está con su esposa, ¿no es así?

—Sí. No sé qué me pasa, porque la conozco hace años y no es el tipo de persona que suele atraerme. Tiene mal gusto, es ordinaria, habla a los gritos. En fin, es todo lo contrario a Verónica.

—¿Ésa es su alianza? —preguntó el brujo señalando mi mano izquierda—. Déjeme verla.

Simulé forcejear un poco con el anillo antes de quitármelo y ponerlo sobre la palma del brujo.

Los dedos largos del Cacique se cerraron y el puño empezó a vibrar cada vez con más fuerza. En la otra mano, el pollito seguía piando feliz, moviendo la cabeza de un lado al otro.

De repente, Linquiñao abrió los ojos muy grandes y se quedó tieso.

—A usted le hicieron un trabajo muy potente. Un amarre con magia negra muy difícil de desatar.

Yo me llevé las manos a la cabeza y Ariana largó un quejido. Lo estábamos haciendo muy bien.

—¿Y usted puede romperlo?

—Claro que puedo. Deme usted también su alianza.

El brujo aplastó con la mano la montañita de polvo que había sobre la mesa, formando un círculo del tamaño de una medalla. Puso los anillos en el centro, uno dentro del otro.

—Pero es un trabajo difícil, y no es barato —agregó.

—¿Cuánto nos va a costar?

—¿Cuánto creen que vale salvar su matrimonio?

—Eso no tiene precio —se apresuró a decir Ariana.

—Exactamente —sonrió el Cacique.

—Pero ahora no tenemos mucho dinero —intervine, como habíamos acordado.

—Por eso no te preocupes. Hacemos el trabajo por el valor de otra consulta, y después, una vez que funcione, me pagás como puedas. Me vas dando de a poquito hasta que llegues al equivalente a un sueldo tuyo.

—¿Un sueldo entero?

—Si no te parece que vale la pena un mes de trabajo para salvar algo que es para toda la vida...

—No. No quise decir eso. Hagámoslo —dije, fingiendo vergüenza.

El Cacique le dio un beso en la cabeza al pollito y lo puso con cuidado sobre la mesa. Piando sin parar, el animalito avanzó con pasos torpes hacia los anillos y comenzó a picotear el polvo.

—¿Ven cómo prefiere la comida que está fuera de las alianzas a la de dentro? Eso es porque sabe que hay algo malo en este matrimonio.

Linquiñao dio una última chupada a su cigarrillo y lo apagó en el cenicero. Luego, agarró el pollito con una mano y los anillos con la otra.

—Vengan —nos dijo, levantándose de su asiento.

Los tres fuimos hacia un rincón de la habitación, donde había un pequeño altar triangular de piedra lleno de manchas oscuras. Linquiñao puso las alianzas en el centro.

—Pónganse uno de cada lado y tómense de las manos formando un círculo alrededor de los anillos. No se suelten por nada del mundo.

Cuando lo hicimos, el brujo comenzó a murmurar una oración con los ojos entornados. Luego extendió la mano que sujetaba al pollito por encima de nuestro círculo. El animalito comenzó a piar con fuerza. Aumentando el volumen de sus rezos, el Cacique se inclinó sobre el altar para alcanzar un cuchillo de mango de cuerno de ciervo que había en un estante en la pared.

—No, por favor —susurró Ariana.

—No se suelten —repitió el brujo e hizo un corte en el cuello del animal.

Un reguero de gotas rojas manó de entre las plumas amarillas. El pollito comenzó a sacudirse en diminutos espasmos, sujeto por la mano que el Cacique movía de un lado a otro, manchando los anillos con sangre.

Unos segundos más tarde, el hombre depositó el cuerpo inmóvil junto a las alianzas y gritó una oración en un idioma extraño.

—Inclínense sobre el altar y dense un beso en la boca sin soltarse las manos.

Los enormes ojos de Ariana me miraron perplejos. Había odio en ellos. Estuvimos así un tiempo hasta que ella forzó una sonrisa y comenzó a inclinarse. Yo hice lo mismo y nuestros labios se tocaron.

A pesar de que todo aquello era falso, del pollito muerto y del hombre perverso que nos daba órdenes como si fuéramos dos títeres, el tacto de su boca me pareció suave y cálido.

—Ya se pueden soltar las manos.

Nos separamos con torpeza. El Cacique se giró y revolvió en uno de los cajones junto a la mesa hasta encontrar una pequeña bolsita de terciopelo. Pellizcando el pecho del pollito muerto, puso en ella unos cuantos plumones amarillos. Metió también los anillos y cerró la bolsa con una cinta roja.

—Quiero que ahora mismo vayan a su casa, cuelguen esto en el respaldo de la cama y hagan el amor. Eso terminará de romper el trabajo que les hicieron.

# CAPÍTULO 16

Al salir de la sesión, Ariana hablaba a mil por hora. Quería que definiéramos allí mismo cómo íbamos a desenmascarar al Cacique y cuál era el siguiente paso que teníamos que dar.

—¿Comemos una pizza? —sugerí, y le pareció una buena idea.

Llamé por teléfono a Puerto Mitre, pero Néstor me dijo que esa noche sería imposible conseguir una mesa.

—Yo vivo acá en El Tres —ofreció ella—. Si querés preparamos algo en casa.

Quince minutos más tarde, nos desplomábamos en su cama. Salvo colgar el amuleto en el respaldo, le terminamos haciendo caso al Cacique al pie de la letra.

# CAPÍTULO 17

Si ella no se hubiera tocado la frente con el dorso de la mano, no habríamos terminado juntos aquella noche. Cuando llegamos a su casa, Ariana hurgó en la alacena y puso medio paquete de espaguetis a hervir. Yo le dije que su provisión de víveres me recordaba a la mía durante mis años de universidad y ella, fingiendo indignación, se llevó el dorso de la mano a la frente con un gesto exagerado. Después de eso, me miró con sus ojos grandes y yo solté una carcajada. Fue ese gesto, el de la mano, el que me recordó lo que se sentía estar cómodo frente a una mujer.

Antes de que ese instante se esfumara, antes de que ella bajara la mirada o me preguntara si prefería la pasta con salsa o con manteca, di un paso hacia adelante y le dije "sos muy linda". Soltó una carcajada ante mi cursilería, y sentí su mano en la nuca y su vientre apretándose contra el mío.

La banda sonora de lo que vino después de que aterrizáramos en su cama fue el chasquido del agua rebalsándose de la olla y cayendo al metal caliente de la hornalla.

—Quizás nos estamos tomando nuestros personajes demasiado al pie de la letra —bromeó Ariana un rato después, mientras se vestía dándome la espalda.

—No tendrás por casualidad una hermanastra tetona que me tenga ganas, ¿no?

—La única forma de que haya alguien con tetas en mi familia, es que sea hermanastra —rió, y se metió al baño.

La oí abrir la ducha. A medio vestir, fui a la cocina y apagué el fuego.

De tanto hervir, la pasta había quedado deshecha. Mientras vaciaba la olla para hacer otra tanda, sentí algo peludo rozándome los tobillos. Miré hacia abajo y descubrí a un gato siamés refregándose contra mis piernas.

Siempre había odiado a los gatos.

Lo aparté con el pie con menos delicadeza de la que habría usado si su dueña me hubiese estado mirando. El siamés caminó ofendido y se paró junto a una puerta cerrada entre la cocina y la habitación de Ariana. Dándome la espalda, empezó a maullar.

Lo ignoré por un rato, mientras buscaba sin éxito una lata de salsa de tomate en la alacena o en la heladera. Pero el bicho no se daba por vencido, y sus quejidos empezaron a ponerme nervioso.

—¿Qué querés? —le pregunté, como si me fuera a contestar.

Otro maullido dándome la espalda. Tenía la mirada clavada en el picaporte de la puerta cerrada. Supuse que allí dentro dormiría o tendría las piedritas blancas esas que juntan un olor asqueroso.

—Bueno, tranquilo, ahora te abro —le dije, y giré el picaporte. La puerta no se movió de su marco.

El sonido del agua cayendo de la ducha se cortó de golpe, y oí a Ariana correr la cortina del baño. El gato dio un salto sobre el respaldo del sofá y de ahí se fue por una ventana entreabierta que daba al patio interno del edificio. Ariana apareció en la cocina secándose el pelo.

—¿Me pareció escuchar maullar a Rogelio? —preguntó.

—Sí, nos acabamos de conocer. Creo que no nos entendimos muy bien. Me parece que quería entrar ahí —dije, señalando la puerta cerrada con llave.

Ella miró la cerradura durante un segundo.

—Rogelio se cree el dueño de la casa —dijo con una sonrisa.

—¿Qué hay ahí adentro?

—Nada. Algunas cosas de trabajo y poco más.

Encogiéndose de hombros, Ariana se dio media vuelta y se dirigió a su habitación.

—Me visto y voy. Poné la mesa —dijo.

# CAPÍTULO 18

Mientras rasgueaba los acordes de la Canción de la Serranía, Gerardo cerró los ojos. La guitarra de doce cuerdas no era el instrumento más adecuado para aquel ritmo caribeño, pero tocar con ella esa canción era lo más parecido que conocía a estar cerca de su padre. Lo había perdido cuando tenía cuatro años y había heredado de él la guitarra. Aunque no la usaba en las presentaciones con la banda del pastor, la llevaba siempre consigo.

Cuando tocaba, como ahora, aquella canción de Roberto Cole, cerraba los ojos e intentaba desenterrar algún recuerdo de sus primeros seis años de vida en San Juan de Puerto Rico, antes de que su madre se casara con un copiloto de Aerolíneas Argentinas y se mudara con Gerardo a Buenos Aires.

Sólo lograba evocar imágenes sueltas, que venían siempre de la mano de una foto que le había mostrado su madre o de una anécdota que ella le había contado. Incluso el vínculo entre la Canción de la Serranía y su padre se lo había dado ella al entregarle la guitarra a los catorce años, junto con un cassette con la canción. A tu papá le encantaba, había dicho ese día.

Sintiendo el acero de las cuerdas bajo las yemas de los dedos, se preguntó, como muchas veces, si realmente le quedaba algún recuerdo genuino de su infancia caribeña.

Lo interrumpieron tres golpes en la puerta de su habitación en el hotel Palace, en Trelew. Dejó la guitarra sobre la cama y se puso una remera antes de atender.

—¿Qué hacemos esta noche, Morochazo? —le preguntó el pastor Maximiliano dándole un golpecito con el puño en el bíceps enorme—. Tendremos que salir a festejar el éxito de la presentación de esta tarde, ¿no?

—Lo que vos quieras, papito —le respondió, tocándose el pecho y tirándole un beso.

—Salí de acá, mariconazo. Un día te voy a sorprender y te voy a dar un beso en serio. Con lengua y todo. Y ahí se te van a ir las ganas de hacerte el gracioso.

El pastor habló serio, con la cara desencajada y los ojos enormes fijos en los de Gerardo. Luego largó una carcajada y lo empujó, abriéndose paso en la habitación dejando tras de sí un vaho de whiskey.

—Me das un beso y te bajo cuatro dientes —dijo Gerardo, mostrándole un puño.

Maximiliano Velázquez colgó su abrigo largo en un perchero de la habitación y luego metió la mano de uno de los bolsillos.

—Ponete cómodo —dijo, tirando la pequeña bolsita sobre la cama, junto a la guitarra.

Gerardo sonrió al oír la frase. Ponete cómodo. La habían acuñado una de las primeras veces que habían probado la cocaína, hacía casi treinta años. Estaban en el último año del secundario y Maximiliano, que había repetido dos veces y era mayor que Gerardo, había aparecido un día con una bolsita blanca y una tarjeta de crédito.

—Hacía mucho que no escuchaba esa frase.

—Sí, ¿qué carajo nos pasó, loco? Cuando arrancamos con las presentaciones salíamos de joda todas las noches y nos cagábamos de risa. ¿En qué momento nos convertimos en unos viejos chotos aburridos?

Era cierto, hacía al menos seis meses que no salían juntos. La excusa oficial de Gerardo era que ya habían visto todo lo que había que ver y tenían edad de ir pensando en parar un poco. Pero era sólo eso, una excusa.

Lo que en realidad lo había alejado de su amigo era algo mucho peor que la noche, la merca y las putas.

—¿Y qué se te dio por querer salir hoy?

—Hay que celebrar la vida, loco. ¿No te parece? —preguntó el pastor, sentándose en la cama y abriendo la bolsita.

—Sí, pero... ¿por qué un domingo?

—Porque uno nunca sabe si el lunes va a estar vivo —dijo y puso un poco de cocaína sobre la caja barnizada de la guitarra.

# CAPÍTULO 19

La segunda tanda de pasta quedó al dente. Ariana se disculpó por no tener salsa de tomate y le echó una lata de atún y una de arvejas.

—Que yo sepa, ésta es la primera vez que alguien graba una sesión con el Cacique —me dijo, poniendo un plato frente a mí.

—Sí, está muy bien para empezar —asentí—. Tenemos filmado cómo trabaja, y lo podemos escrachar por sacrificar animales.

—Y además tenemos evidencia de que no tiene ni idea de si la gente le dice la verdad o no cuando van a verlo —agregó ella.

—También, aunque estaría bueno tener algo más. Algo que le pudiera hacer mucho daño.

—¿Algo como qué?

—Tengo un primo que está muy metido en todo el mundo este de... de lo esotérico. Tiene gracia que yo lleve casi dos años lidiando con esta gente y todavía no sepa bien cómo llamarlos. En fin, mi primo tiene una santería. La semana pasada, después de que aparecieras en la universidad, lo fui a ver para preguntarle qué sabía del Cacique.

—¿Le contaste que le íbamos a hacer una cámara oculta?

—No —me apresuré a responder—. Primero, porque en ese momento no estaba claro que yo fuese a hacer nada. Y segundo, porque él sabe que se trata de un tipo muy peligroso, y no quiero que crea que me volví loco.

Por un momento, sólo se oyó el sonido de nuestros tenedores contra los platos.

—Mi primo sostiene que el Cacique se codea con gente de poder. Políticos, empresarios, ese estilo.

—Todo el mundo ha oído ese rumor.

—Y otra cosa que me dijo es que parece que de vez en cuando reúne grupos de esta gente y hacen rituales en casas abandonadas.

—Pactos con el diablo —apuntó Ariana, empuñando el tenedor como si fuera una daga con la que asesinar a alguien.

—Eso en concreto no lo sé. Mi primo no me dijo nada de pactos.

—Es otro de los rumores que corren —agregó ella.

Me quedé un rato en silencio, con la mirada en mi plato de pasta a medio terminar.

—¿En qué pensás?

—En la repercusión que tendría un video mostrando a políticos participando en un ritual satánico.

—Pero eso perjudicaría más a los políticos que al Cacique.

—Sí, pero sería mucho más útil. ¿No te parece? ¿Quién quiere que lo gobierne un político que hace pactos con el diablo?

—¿No era que no creías en esas cosas?

—Por supuesto que no. Es la intención lo que me indigna. Si un tipo está dispuesto a sacrificar su alma por poder, o por guita, ¿qué no está dispuesto a hacer? ¿Qué reparos puede tener una persona así a la hora de aceptar un soborno, por ejemplo?

—Visto de esa manera...

—Además, a lo mejor matamos dos pájaros de un tiro y filmando una de esas sesiones encontramos algo que nos sirva también para escrachar al Cacique.

—Pero ¿cómo vamos a filmar algo así?

—Yo puedo conseguir cámaras que graban con niveles de luz muy bajos. Lo difícil es enterarnos cuándo y dónde sería el próximo ritual, si es que existe y no es todo simplemente un rumor.

—Yo creo que sé por dónde empezar.

# CAPÍTULO 20

El Audi A8 recorría la Ruta Tres a ciento ochenta kilómetros por hora. Habían salido de Trelew hacía quince minutos.

—Vas a ver, Gerardo, no te vas a arrepentir. Aunque sea domingo, seguro que en Puerto Madryn hay una joda impresionante. Por ahí tenemos suerte y nos terminamos encamando con dos turistas noruegas que vienen a ver ballenas.

—¿Los noruegos no tienen ballenas ya, como para venirse a verlas a la otra punta del mundo?

El pastor despegó las manos del volante para juntarlas en un gesto sonoro.

—Yanquis entonces. O de donde sean, loco.

Velázquez volvió a apoyar las manos en el volante, pero rápidamente levantó una y le pegó un puñetazo al brazo musculoso de Gerardo.

—Algo nos vamos a levantar, vas a ver. Tomá —dijo, sacando su teléfono del bolsillo—, buscá en los mensajes de Whatsapp uno de Cogote López. Cogote vivió un tiempo en Madryn y el otro día me pasó una lista de unos clubes VIP imperdibles.

—Lo tenés apagado.

—Me debo haber quedado sin batería. En la guantera hay un cargador.

El pastor se giraba a mirarlo cada vez que le hablaba, quitando los ojos de la ruta oscura delante de ellos. Gerardo quería agarrarse al asiento, o pedirle que bajara un poco la velocidad, pero sabía que aquello sólo empeoraría las cosas. Para colmo, habían entrado en una zona en la que dos de los cuatro carriles de la ruta estaban cortados por trabajos de mantenimiento, y no había nada que los separara del tráfico que venía de frente.

—¿Vos confiás en mí? —preguntó Maximiliano, pasándose la mano por la nariz.

—Obvio, boludo. ¿Por qué me lo preguntás?

Sin responder, el pastor se entrelazó las manos detrás de la cabeza.

—¿Qué hacés? Agarrá el volante que nos vamos a ir a la mierda.

Gerardo vio la sonrisa del pastor iluminada por las luces azuladas del tablero del Audi. Miró el velocímetro: iban a ciento ochenta y ahora el coche se desviaba de a poco hacia el carril contrario.

—¿No me dijiste que confiabas?

—¡Agarrá el volante! —gritó Gerardo, pero el pastor se limitó a sonreír y a aspirar fuerte por la nariz.

—Me lo dijo Jesús anoche. No nos va a pasar nada.

En sentido contrario, dos luces se acercaban hacia ellos por el carril que ahora invadían. Gerardo se inclinó y agarró el volante con ambas manos para rectificar el curso del Audi, esquivando justo a tiempo un camión que venía en sentido contrario tocando bocina.

—¡La puta que te parió! ¿Qué te pasa, pelotudo?

El pastor volvió a tomar control del coche y la sonrisa de su cara desapareció a medida que perdían velocidad. Cuando se detuvieron a un costado de la ruta, apagó el motor y quedaron completamente a oscuras. En el horizonte se veía la claridad amarillenta de las luces de Puerto Madryn.

—¿Se puede saber qué carajo fue eso? —preguntó Gerardo.

El pastor cerró los ojos y apoyó la frente sobre el volante forrado en cuero. Antes de hablar, negó con la cabeza.

—Se va todo a la mierda —dijo, sin abrir los ojos.

—¿Qué?

Con un ademán brusco, Maximiliano Velázquez se clavó un dedo en el estómago.

—Tengo cáncer de páncreas. Fulminante. Incurable. Me muero.

Gerardo cerró los ojos y se agarró la cabeza, intentando parecer sorprendido.

—¿Desde cuándo?

—Me lo detectaron hace dos años. Al principio el pronóstico era muy malo, pero después los médicos dijeron que me estaba recuperando. Que se daba en un caso entre miles.

—Un milagro —dijo Gerardo.

El pastor soltó un soplido con los labios curvados en una sonrisa irónica.

—A lo mejor resulta que tengo poderes en serio —dijo, y dio un puñetazo en el techo—. Unos poderes de mierda, entonces, porque ahora sí que me estoy muriendo. El cáncer volvió a avanzar, y el diagnóstico es peor que dos años atrás. ¿Sabés lo que me ofrecen los médicos? Un tratamiento paliativo.

—¿Y no te conviene retirarte? Dedicarte a descansar, dejarte de tanto estrés, viaje, presentaciones.

—¿Retirarme con qué guita? Si no tengo un peso partido al medio.

A Gerardo aquello sí que lo tomaba por sorpresa. La última vez que había hecho cuentas, el pastor se metía en el bolsillo suficiente dinero como para comprarse un coche nuevo con cada presentación.

—¿No ahorraste nada durante todo este tiempo?

Maximiliano negó lentamente con la cabeza. Luego se metió la mano en el bolsillo y puso la bolsita sobre el tablero del coche.

—Ésta, este auto, hoteles, champán, el nivel de vida al que está acostumbrada Irma, el tratamiento oncológico —enumeró—. No aguantaríamos un mes a flote sin hacer presentaciones. Tengo que seguir.

Se quedaron en silencio durante un rato. De vez en cuando, pasaba un camión a ciento veinte por hora y el Audi temblaba.

—Gerardo, esto lo sabe solamente Irma, y ahora vos. Si sale a la luz, no vendo una entrada más. Imaginate, el pastor sanador que se está muriendo de cáncer. Te lo cuento porque ya no puedo más, y vos sos la persona en la que más confío después de Irma.

—No te preocupes, que de esta boca no sale —dijo Gerardo sin dudarlo. Al fin y al cabo hacía meses que lo sabía y no se lo había contado a nadie.

La música que sonaba en la radio se paró de golpe, y el sonido de un teléfono retumbó en el Audi. El pastor presionó un botón en el volante.

—¿Qué pasa? —dijo, mirando hacia adelante.

La voz de Lito se oyó por el sistema de sonido del coche.

—Surgió algo, pastor. Después de la presentación de hoy, descubrí a un científico.

Velázquez sacudió la cabeza. Un científico era la forma en la que ellos llamaban a los escépticos que de vez en cuando aparecían en las presentaciones, acusándolo de charlatán e intentando explicar sus trucos.

—¿Y para eso me llamás? Estoy ocupado.

—Es que éste es diferente. Se llevaba pruebas que nos pueden hundir a todos. Le quise avisar antes, Pastor, pero tenía el teléfono apagado. Creo que tiene que venir urgente a verlo.

—¿Está ahí todavía?

—Lo tengo encerrado hace una hora.

El pastor volvió a poner el coche en marcha y dio la vuelta, comenzando a desandar el camino que acababan de recorrer.

—Voy para allá —dijo, mientras aceleraba hasta volver a alcanzar los ciento ochenta.

# CAPÍTULO 21

Ariana abrió la puerta del Corsa y se sentó en el asiento del acompañante. Después de darme un beso rápido en la mejilla, como si la noche que habíamos pasado juntos cinco días atrás no hubiera existido, se ajustó el cinturón.

—¿Quién te pasó el dato? —pregunté.

—Ya te dije que para un periodista las fuentes son sagradas. Vámonos que llegamos tarde.

Arranqué el coche y puse primera. Hacía apenas dos horas Ariana me había llamado por teléfono para decirme que sabía de primera mano que el Cacique estaba preparando uno de sus rituales VIP para el sábado siguiente.

—Tenemos tres días para averiguar dónde va a ser —me dijo mientras salíamos del centro de Comodoro en dirección hacia El Tres, el barrio donde atendía Linquiñao.

—Ayer pensaba que a lo mejor no nos conviene estar ahí ese día —dije.

—¿Cómo? ¿Y perdernos la oportunidad de filmarlo a él y a todos los que vayan a participar en el ritual? Ni loca.

—Filmarlos sí —aclaré—, pero sin estar nosotros presente. Si nos enteramos dónde va a ser, podríamos dejar instalada una cámara con sensor de movimiento. Yo tengo una y puedo conseguir otra prestada.

—Vos si no querés, no vayas. Pero yo voy a estar ahí.

—Como te parezca —dije.

Continuamos por la ruta en silencio hasta que, quince minutos más tarde, estacioné a unos cincuenta metros del consultorio del Cacique. Desde allí veíamos claramente su Ford Ranger roja, más iluminada por la luna llena que por la única farola tenue de la calle angosta.

El reloj en el tablero del Corsa marcaba las siete y cincuenta y seis. Llevaba oscuro más de una hora.

—Pensar que éste es solo su consultorio —dije, señalando la calle de casas antiguas con porches de columnas curvas—. El tipo no vive acá, ¿sabías? Tiene un caserón en Rada Tilly.

Ariana asintió con la cabeza, manteniendo los ojos fijos en la Ranger.

Después de diez minutos de esperar en silencio, la periodista se incorporó de un respingo y señaló hacia adelante. Una figura baja y encorvada salía del consultorio.

Una vez en la calle, se detuvo, miró a su alrededor y empezó a caminar directamente hacia nosotros, arrastrando los pies por el medio de la calle desierta.

—Viene para acá —fue todo lo que atiné a decir.

Ariana movió una mano lentamente hasta ponerla sobre el mecanismo para abrir su puerta.

—¿Qué pasa? —le pregunté, pero se limitó a chistarme para que me callara.

La figura continuó en nuestra dirección. A pesar del contraluz, distinguí una cara arrugada de mujer con mechones blancos cayéndole sobre los hombros. Tenía la mirada perdida y, a pesar de que pasó tan cerca del Corsa que su codo rozó el espejo del lado de Ariana, no pareció detectar nuestra presencia.

—Probablemente la última clienta del Cacique —sugirió Ariana.

—¿Quién pensaste que era? ¿Por qué ibas a salir del auto?

Abrió la boca para contestarme, pero entonces la luz del porche del consultorio se apagó. Distinguí la figura ancha de Linquiñao extendiendo una mano hacia la Ford Ranger. Las luces de la camioneta parpadearon al desactivarse la alarma, y el brujo se metió en el vehículo.

Cuando la Ranger empezó a moverse, encendí el motor del Corsa y empecé a seguirla intentando mantenerme lo más alejado que pude.

El Cacique condujo hacia las afueras de la ciudad. Pasamos el edificio enorme y solitario de la universidad y seguimos hasta que las últimas luces del barrio del Kilómetro Cinco se perdieron en el retrovisor. A esa hora, mucha gente salía de trabajar y la ruta estaba lo suficientemente transitada como para que no sospechara que lo seguíamos.

—Prestame tu teléfono —me dijo Ariana.

—¿Para qué?

—Para activar el GPS.

—No sé si mi teléfono tiene GPS, me lo acabo de comprar. Igual acá no nos hace falta. Sé muy bien dónde estamos.

—Prestámelo igual —insistió Ariana.

Sin perder la vista de las luces traseras de la Ranger, levanté un poco la cadera del asiento para sacarme el teléfono del bolsillo y dárselo.

Al pasar el barrio del Kilómetro Ocho, el tráfico desapareció de golpe. A lo lejos, delante de nosotros, se veía la luz del faro San Jorge. Definitivamente, no me hacía falta un GPS. Sabía de memoria que aquella ruta terminaba en Caleta Córdova —o Córdoba, dependiendo de a quién le preguntaras—, un pueblito pesquero a dieciocho kilómetros de Comodoro en el cual yo había estado apenas un par de veces.

Cuando estábamos a mitad de camino entre el Kilómetro Ocho y aquel pueblo, la luz de giro amarilla comenzó a parpadear del lado izquierdo de la Ranger.

—Va a doblar —dije.

—Sí, pero no podemos seguirlo —respondió Ariana, alternando la mirada entre el teléfono y la ruta—. El camino muere a doscientos metros. Sería sospechoso.

—Podemos ir a la derecha y subir hasta el faro —dije, señalando la ladera al costado de la ruta—. A lo mejor de ahí lo podemos ver.

Unos trescientos metros más adelante, tomé un camino de tierra en dirección opuesta a la que había ido la Ranger, y empezamos a subir el pequeño cerro sobre el que se erigía el faro San Jorge. Al llegar arriba, tuvimos ante nosotros un mirador perfecto. Del otro lado de la ruta, unas luces rojas se alejaban dejando atrás una nube de polvo.

—Parece que va a esa casa.

La camioneta se acercaba a una alameda que apenas dejaba entrever las luces de una casa. Cien metros a la izquierda, en aquel trozo de campo iluminado por la luna había otra construcción. A diferencia de la casa detrás de los árboles, ésta estaba completamente a oscuras.

—Me parece que te descubrimos, Juancito —dijo Ariana con una sonrisa, señalando hacia adelante.

La camioneta del Cacique había girado a la izquierda y se alejaba de la casa con la luz encendida, dirigiéndose a la construcción a oscuras. El reflejo plateado de la luna bastaba para ver que al techo roto y hundido le faltaba alguna que otra chapa. Aquella vivienda estaba definitivamente abandonada.

—¿Qué lleva en la mano? —preguntó Ariana cuando el Cacique se bajó de la camioneta.

—No lo llego a ver —dije, pegando la cabeza al parabrisas—. Parece una bolsa de supermercado.

# CAPÍTULO 22

—Ahí está —dijo Ariana dándome un codazo.

El Cacique había pasado apenas quince minutos dentro de aquella casa derruida. Al salir, se subió a la camioneta y volvió a la ruta. Se fue en dirección a la ciudad, por donde habíamos venido.

—¿Qué hacemos? —pregunté y arranqué el motor.

Ariana señaló la casa con el mentón.

Bajamos el cerro y nos metimos por el camino de tierra por el que acababa de salir el brujo. La bifurcación hacia la construcción abandonada estaba frente a la alameda que ocultaba la casa de la ventana iluminada. Estacioné junto a los árboles. A lo lejos, se oían ladridos.

—¿Por qué parás acá?

—¿Y si es todo del mismo dueño? —pregunté, intentando mirar a través del follaje de los álamos.

—El Cacique no entró a esta casa. Fue derecho a la que está abandonada.

—Sí, pero a lo mejor ya lo conocen.

Sentimos de nuevo los ladridos, esta vez más cerca.

—Arrancá y vámonos.

Para cuando encendí el motor, tres perros gruñían alrededor del Corsa. Un instante más tarde, una figura flaca y alta apareció entre los árboles, apuntándonos con una potente linterna.

—Buenas noches —dije, bajando la ventanilla y cubriéndome con la mano para que el haz de luz no me cegara.

—¿Qué quieren? —preguntó el hombre.

—Somos periodistas —se apresuró a decir Ariana—, y estamos pensando en hacer un documental sobre construcciones deshabitadas en Comodoro.

—¿Y a estas horas vienen?

—Discúlpenos, es tardísimo —ofreció Ariana con una sonrisa—. Siempre que pasamos por esta ruta decimos que un día tenemos que parar a mirar aquella casita, para ver si vale la pena incluirla en el documental. Y hoy la curiosidad pudo más.

El hombre dejó de apuntarnos a la cara con la linterna. Cuando mis ojos se ajustaron, vi que una barba gris le cubría la cara flaca y arrugada.

—¿Esa casa? —preguntó, señalando la construcción de la que acababa de salir el Cacique—. ¿Qué puede tener de especial esa casa?

—Probablemente nada —concedió ella—. Es simplemente que hay pocas casas abandonadas en Comodoro. Entre la falta de vivienda con el auge petrolero y el movimiento okupa, la mayoría de las construcciones terminan alquiladas o usurpadas. Y las que no, suelen tener una historia interesante detrás. De eso va nuestro documental.

Asentí con la cabeza para apoyar lo que había dicho. Esa mujer tenía una habilidad para improvisar mentiras que daba miedo.

—Habitarla, imposible —sentenció el hombre—. Se cae a pedazos. Pero sí que tiene una historia interesante.

—¿En serio? —preguntó Ariana, y no supe si la sorpresa en su tono de voz también era fingida.

—Dicen que está embrujada. Yo no creo en esas cosas pero, de noche, cuando el viento sopla para este lado, a veces llegan unos ruidos raros. Lo que siempre decimos con mi mujer es que puede ser cualquier cosa, ¿no? Chapas desclavadas en el techo, o una canaleta floja.

—¿Y usted ha entrado alguna vez?

—¿Yo, entrar? No, nunca.

—¿Y hace mucho que está abandonada?

—Uff, muchísimo. El dueño era un tal Manolo Galván, me acuerdo porque se llamaba como el cantante. Un tipo de orígenes humildes que terminó haciendo mucha guita en el petróleo. Construyó esa casa en los setenta, y hasta el día que murió, hace unos quince años, la tenía de punta en blanco. No vivía en ella, pero venía de vez en cuando, sobre todo los fines de semana. Un tipo muy correcto y muy buen vecino. No sé quién la habrá heredado.

—¿No tenía hijos?

El hombre negó con la cabeza.

—No tenía ningún pariente. Por eso tardaron semanas en venir a buscarlo acá. Para colmo fue en pleno verano. Dicen que el cuerpo ya estaba irreconocible.

—¿Murió ahí adentro?

—Sí. De un ataque al corazón.

—¿Y después de eso vivió alguien más en la casa?

—Nadie. El poco movimiento que se ve suelen ser chicos que van a romper vidrios o alguna parejita joven que viene a darse un poco de cariño. Al principio me acercaba y les gritaba que se fueran, que aquello era propiedad privada. Pero con el tiempo me cansé. Además, a mí no me molestan, porque suelo tener la televisión prendida y los árboles me tapan la vista. Los perros sólo ladran si alguien se para cerca de mi casa, como ustedes ahora. Si hubieran seguido de largo, ni me entero.

—¿Le molesta si vamos a verla un segundo? —pregunté.

—¿A mí? Para nada. ¿Cómo me va a molestar, si no es mía?

# CAPÍTULO 23

Estacioné el Corsa junto a la pequeña verja que rodeaba la construcción abandonada. A juzgar por el frente ancho, la chimenea de piedra a un costado y las molduras curvas sobre la fachada, el tal Manolo Galván había sido un tipo pudiente. Una lástima, pensé, que tantos años de abandono hubiesen dejado aquella construcción en un estado de deterioro irreversible.

La puerta de madera maciza todavía estaba en su sitio. Los ventanales a cada lado no habían tenido tanta suerte, y de ellos sólo quedaban dos rectángulos negros.

Permanecimos unos segundos observando la casa en silencio. Sólo se oía el zumbido de las ráfagas frías de aquella noche.

Sin siquiera tantear la puerta, Ariana se subió de un salto al alféizar de una de las ventanas y me indicó que la siguiera.

Encendimos las linternas de nuestros teléfonos, y la luz reveló un comedor grande. No había muebles a excepción de una silla rota, y el piso estaba minado de latas de cerveza, ropa sucia, y otras porquerías. También había un colchón de goma espuma de no más de tres dedos de alto. Sospeché que si buscaba con atención, no me costaría encontrar jeringas o preservativos usados.

—¿Qué hacía el Cacique en este chiquero? —pregunté en voz baja.

—No lo sé, pero no parece un lugar para traer empresarios y políticos poderosos.

La luz de su linterna se detuvo en una de las paredes mugrientas. Había dos grafitis escritos con letras y trazos distintos. Uno era el símbolo de la paz y el otro decía "Led Zeppelin".

—Mirá esto —dijo, señalando debajo de uno de ellos.

Su teléfono ahora iluminaba una caja de cartón con la que alguien había improvisado una especie de altar. Sobre una lámina de plástico del tamaño de un diario abierto había un manojo de velas rojas y una bolsa de tela.

—Abrila —me dijo, señalando la bolsa.

Era pesada. Al levantarla, me pareció notar un dibujo en el plástico sobre el que había estado apoyada.

—A ver, iluminá acá —le indiqué.

Ariana apuntó su teléfono, y en la lámina aparecieron los huesos de un torso humano. Era una radiografía de tórax.

—Y en la bolsa seguro que hay tierra —dijo.

La abrí y acerqué mi nariz al polvo pardo que contenía. Ariana tenía razón.

—Seguramente tierra de cementerio —agregó—. Se usa mucho para hacer maleficios.

—¿Cómo sabés estas cosas? —pregunté, alejándomela de la cara.

Entonces un ruido sordo retumbó en un rincón de la casa vacía. Del sobresalto, solté el teléfono y el aparato cayó a mis pies, proyectando hacia arriba su haz de luz blanca.

Ariana apagó el suyo y, mirándome, se puso un dedo en los labios. Luego se inclinó lentamente para levantar mi teléfono del suelo. Al agacharse, una franja de su espalda entre el abrigo corto y los pantalones quedó al descubierto. Tardé un instante en identificar la silueta negra que se recortaba contra su piel. Era la culata de una pistola metida dentro de su pantalón.

El ruido volvió a retumbar en la casa.

# CAPÍTULO 24

Con las manos en las rodillas, intenté recuperar el aliento. Al oír aquello, Ariana había salido corriendo de la casa indicándome que la siguiera, y ahora ambos nos apoyábamos en la verja oxidada, respirando con fuerza.

—¿Qué es todo esto, Ariana? —pregunté en voz baja.

—¿A qué te referís?

Su pecho todavía subía y bajaba con rapidez.

—A por qué carajo me hiciste venir acá. A ese ruido que escuchamos. Al arma que tenés en la espalda.

—No quería asustarte —dijo, llevándose la mano detrás de la cadera y mostrándome sobre su palma abierta una pequeña pistola negra.

—¿Para qué trajiste eso?

—Por protección, Ricardo. Nunca se sabe, al fin y al cabo estamos en el medio de la nada.

—¿Y de dónde la sacaste? —pregunté.

—¿Escuchaste eso? —dijo, alzando una mano.

Estaba a punto de insistir con mi pregunta cuando oí otra vez el golpe sordo dentro de la casa.

Ariana señaló una de las paredes del costado. Rodeamos la construcción en silencio, ella adelante y yo detrás.

El sonido volvió a oírse, esta vez más claro.

—Viene de ahí —dije, señalando una pequeña ventana a la altura de nuestros pies a la que todavía nadie le había roto los vidrios—. Debe ser el sótano de la casa.

Acerqué mi teléfono, pero una capa de mugre del lado de adentro impedía ver nada. En cuanto me aparté, Ariana destrozó el vidrio de una patada.

Volvimos a oír los golpes, esta vez más altos. Sin duda, provenían de dentro. Alumbramos el sótano con nuestras linternas, pero sólo logramos ver trastos viejos cubiertos de mugre y polvo.

—No puede ser. Esos ruidos vienen de ahí —dije.

Ariana se apresuró a patear varias veces el marco de la ventana. Cuando no quedó ni un trozo de vidrio en él, se acostó boca abajo en el suelo de tierra gris, con sus pies apuntando hacia la pequeña abertura.

—¿Qué hacés, estás loca?

Ignorándome, empezó a arrastrarse hacia atrás, desapareciendo poco a poco dentro del sótano con el teléfono en una mano y la pequeña pistola en la otra.

—Pará. No sabés lo que hay ahí adentro. Mirá si es un perro.

—O un fantasma. ¿Vas a bajar o qué? —me dijo antes de descolgarse por completo y desaparecer en la oscuridad de aquel agujero.

Con el corazón a mil, me acosté como lo había hecho ella. Después de respirar hondo un par de veces, me descolgué.

El sótano no tenía más de tres metros por tres metros, y las paredes estaban cubiertas de un moho oscuro que había descascarado casi toda la pintura. Debajo de la ventana por la que acabábamos de entrar, había una pequeña puerta de madera.

—Esto lo pusieron hace poco —dijo Ariana señalando un pestillo de metal enorme y brillante.

Al iluminarlo con nuestras linternas, oímos un tintineo metálico y algo del otro lado golpeó con fuerza la madera.

Quise salir corriendo de allí, pero antes de que pudiera mover un pie, Ariana destrabó el cerrojo reluciente y abrió la puerta, apuntando hacia adentro con su pistola.

Un olor nauseabundo invadió el sótano.

# CAPÍTULO 25

—No —fue la única palabra que salió de mi boca cuando se abrió la puerta.

En el suelo, un niño se sacudía con todas sus fuerzas, golpeando contra la pared la cadena que unía sus manos a un caño de metal. Iba abrigado con harapos y un gorro de lana le cubría la cabeza. Sus gritos de espanto estaban silenciados por una mordaza.

—No tengas miedo, nosotros te vamos a ayudar —le dijo Ariana dando un paso dentro del cuartito de dos metros por dos metros y arrodillándose junto a él.

Cuando levantó la mano para hacerle una caricia en la cabeza, el niño comenzó a sacudirse con todas sus fuerzas e, intentando apartarse de ella, golpeó con sus pies un plato y un balde de plástico vacíos.

—Está bien. No te toco. Tranquilo, que no te vamos a hacer nada. ¿Querés que te saque la mordaza?

El niño se quedó quieto y se acurrucó en un rincón de la sala, con las rodillas flexionadas contra su pecho.

—¿Te saco la mordaza? —insistió Ariana.

—Yo diría que no —dijo una voz áspera a nuestras espaldas, y sentí el frío de una hoja de metal en la garganta.

Aunque yo no podía verlo, supe por el olor a cigarrillo y las palabras roncas que el cuchillo lo empuñaba el Cacique de San Julián.

—Mi amiga y su maridito. Tanto tiempo. ¿Qué los trae por acá?

—¿Qué le estás haciendo a este chico, enfermo hijo de puta? —preguntó Ariana.

—¿Te parece que estás en condiciones de insultarme?

Sentí que la hoja del cuchillo hacía más presión sobre mi piel.

—Agarrá un rollo de cinta de ese estante y atale los pies a éste.

Ella no se movió.

—¡Dale! O le atás los pies o lo degüello.

Ariana agarró la cinta, se arrodilló frente a mí y comenzó a enrollarla lentamente alrededor de mis tobillos.

—Ahora las manos.

Sentí el plástico pegajoso en las muñecas.

—Más apretado.

—Le voy a cortar la circulación.

—Y yo le voy a cortar la garganta si no me hacés caso. Más apretado, carajo.

Después de unas cuantas vueltas, un hormigueo comenzó a extenderse por mis dedos.

Cuando estuve atado de pies y manos, la hoja del cuchillo se despegó de mi cuello y un empujón violento me tiró hacia adelante. Intenté sin éxito girar el cuerpo antes de caer sobre los vidrios que Ariana acababa de romper para entrar al sótano. Un dolor punzante me recorrió la cara, y un hilo de sangre tibia comenzó a manarme de la nariz.

—Ahora te toca a vos —dijo Linquiñao, apuntando a Ariana con el cuchillo—. Atate los pies.

—¿Qué le estás haciendo a este nene? —preguntó ella señalando al niño, todavía tirado en el pequeño cuarto mugriento dentro del sótano.

—No tengo tiempo ni ganas de explicarles nada —suspiró el Cacique—. Además, no lo entenderían. Sólo sé que si no se hubieran metido donde nadie los llamó, no tendríamos que estar pasando por esto.

Ariana se sentó frente a él y flexionó las rodillas para poder alcanzarse los tobillos. Las manos le temblaban desenfrenadamente. Cuando empezó a despegar la cinta, el rollo se le resbaló entre los dedos y rodó por el suelo hasta quedar a sus espaldas. Sin dejar de mirar a los ojos al Cacique, tanteó detrás de ella.

Cuando volvió las manos hacia adelante, empuñaba la pequeña pistola.

Al ver esto, el Cacique dio un manotazo al arma para apartarla y hundió su cuchillo largo en el cuello de Ariana. La oí soltar un gruñido antes de que el estruendo retumbara en las paredes del sótano y los oídos comenzaran a zumbarme. Con el segundo disparo, Linquiñao cayó junto al niño atado.

El brujo intentó incorporarse, tapándose con las manos las heridas en el torso. La sangre espesa y brillante que le teñía los dedos se le extendía de a poco por la camisa. Nos miró con odio, hasta que una mueca de dolor se apoderó de su cara. Cuando pudo hablar, lo hizo con voz entrecortada.

—No tienen ni idea de lo que acaban de hacer. Calaca va a estar furioso —dijo, y ya no volvió a moverse.

# CAPÍTULO 26

Los diez minutos que pasaron hasta oír la primera sirena los pasé intentando detener el sangrado en el cuello de Ariana.

El niño estaba acurrucado lo más lejos del cadáver del Cacique que la atadura en sus muñecas le permitía. Intenté dos veces acercarme a él para tranquilizarlo, pero se puso a gritar, desesperado. Decidí que lo mejor era dejarlo solo y concentrarme en Ariana.

—Ya llega la ambulancia. ¿La escuchás? Ahora te llevan a un hospital y te curan, quedate tranquila.

Ariana me sonrió.

—Perdoname —dijo entre gestos de dolor—. Te tendría que haber contado todo.

—Shhh, tranquila. Ya vamos a tener tiempo para hablar.

Ariana sacudió la cabeza, y no supe si se refería a que no tendríamos tiempo o a que me callara y la escuchara.

—Te mentí, Ricardo. Vos fuiste bueno conmigo y te mentí. Necesitaba alguien que me creyera, y vos eras la persona indicada. Después de lo que te pasó con Marina, estaba segura de que me ibas a ayudar.

—Al final sí sabías lo de Marina —dije, y Ariana me devolvió la sonrisa como pudo.

Entonces oí voces y pasos sobre nuestras cabezas. Antes de que pudiera incorporarme, la puerta del sótano se abrió de golpe y dos paramédicos vestidos de verde bajaron corriendo las escaleras. Al ver a los dos cuerpos tirados, uno de ellos se descolgó una radio de la cintura.

—Necesitamos otra ambulancia. Hay dos personas heridas.

—Tres —dije, señalando al niño que seguía acurrucado en un rincón, temblando.

# CAPÍTULO 27

Durante la hora y media que estuve sentado en el banco de la sala de espera de la comisaría, entraron tres personas a denunciar robos. También sonó el teléfono varias veces, y el suboficial joven que atendía la mesa de entrada avisó por radio que había problemas en tal o cual lado de la ciudad.

—¿Ricardo Varela? —me preguntó un oficial de mi edad con la cabeza afeitada y barba candado—. Soy el inspector Orlandi. Homicidios y personas desaparecidas. Venga conmigo.

Orlandi me indicó el camino por un pasillo en cuyas paredes había cuadros con fotos de policías de otras épocas y puertas de oficinas a ambos lados. Nos metimos en una de ellas.

Detrás de un escritorio de madera lustrada aguardaba un hombre de unos cincuenta años. Iba en mangas de camisa, aunque una corbata de nudo perfecto descansaba sobre su barriga. Al verme entrar en su oficina, puso los codos sobre el escritorio y apoyó la papada afeitada sobre sus manos entrelazadas.

—Soy el comisario Altuna.

Entonces lo reconocí. Era el mismo que cada dos por tres salía en el noticiero del Canal Nueve haciendo declaraciones de las que la gente hablaba durante días. La última había sido decir que un reciente asesinato a quemarropa no tenía "nada que ver con la inseguridad ciudadana", pues se trataba de un ajuste de cuentas.

—Ricardo Varela, mucho gusto —le dije, sentándome del otro lado del escritorio. Los únicos objetos sobre la madera brillante eran una computadora portátil y un portarretratos digital que en ese momento mostraba la imagen de un niño en un triciclo.

—¿Me puede explicar qué pasó, señor Varela? —preguntó el comisario con tono cáustico.

Lo hice. Les conté absolutamente todo. Sobre mi página web, sobre cómo me había contactado Ariana y lo que intentábamos averiguar siguiendo al Cacique de San Julián. También expliqué con lujo de detalles todo lo que había sucedido en el sótano, desde que encontramos al chico encerrado hasta que llegó la primera ambulancia.

—¿Quién es el chico que encontramos? ¿Cómo está? —pregunté al terminar mi relato.

Después de un breve paso por el hospital, me habían llevado a la comisaría y ya llevaba tres horas sin noticias.

—Lucio Sandoval. Desapareció de una plaza hace dos semanas —explicó Orlandi—. Se acaba de reunir con su mamá en el hospital. No sabemos mucho más, porque todavía no le tomamos declaración a ninguno de los dos. El médico dijo que tiene algunas lesiones, pero son leves.

—¿Y la mujer que estaba conmigo? ¿Cómo está?

—Loca como una cabra, pero eso no es novedad —respondió el comisario.

—En este momento la están operando de urgencia —intervino el otro—. Pero es una mina muy fuerte y se va a recuperar.

—¿Ustedes la conocen?

Los policías se miraron.

—Más que conocerla, la sufrimos —dijo el comisario.

—Perdonen, pero no entiendo.

Orlandi y Altuna me miraron extrañados.

—¿Entonces vos no sabías que Analía es policía?

—¿Qué Analía? —pregunté.

—La persona con la que te metiste en ese sótano. La que mató de dos tiros a Juan Linquiñao.

—¿Ariana? —pregunté.

El comisario apretó los labios, soltando aire por la nariz.

—¿Ni siquiera su verdadero nombre te dijo? Eso también es muy de ella.

—¿Policía? A mí me dijo que era periodista de *El Popular*.

Altuna negó con la cabeza.

—¿Entonces ustedes estaban al tanto de lo que hicimos esta noche? —dije, alzando la voz—. Por si no se dieron cuenta, el hijo de puta ese casi nos mata a Ariana, al pibe y a mí. ¿Por qué no intervinieron antes de que se fuera todo al carajo?

La última frase la dije gritando. Ambos policías me hicieron un gesto para que bajara la voz.

—Nosotros no sabíamos nada. Sospecho que nadie sabía nada además de Analía. Fue ella la que te puso en peligro. No nosotros.

—Ella es policía, así que fue la policía.

—No es todo blanco o negro, pibe —dijo Altuna con tono condescendiente. Me dieron ganas de revolearle por la cabeza el portarretratos, que ahora mostraba al mismo nene sosteniendo una caña de pescar.

—Analía no está en actividad. La suspendieron indefinidamente hace varios meses —agregó el otro.

—¿Por qué?

—Eso no nos corresponde decírtelo a nosotros. Preguntáselo a ella cuando se recupere.

El comisario se inclinó sobre su escritorio y miró a los costados, como quien está a punto de contar un secreto.

—Dejame darte un consejo, pibe. Mantenete alejado de Analía Moreno. Te lo digo por tu bien. El inspector Orlandi lo sabe muy bien, ¿o no, inspector, que esa mujer es un problema con patas?

El policía joven asintió con la cabeza, pero por su gesto serio sospeché que lo hacía más por obligación que por convicción.

Insistí en que me dieran más detalles sobre la mujer que acababa de poner en peligro mi vida, pero ambos se cerraron como ostras. Se limitaron a hacerme firmar mi declaración y a advertirme que les avisara si me iba de la ciudad, porque quizás necesitarían volver a hablar conmigo.

—Ah, y una cosa más —dijo Altuna cuando me estaba yendo—. Del pibe ese que encontraron en el sótano ni se te ocurra decirle nada a nadie.

—¿Por qué?

El comisario me miró con soberbia. ¿Quién te pensás que sos para pedir explicaciones, pibe?, decía su mirada.

—Para proteger a un menor de edad. Para que no se llene el hospital de periodistas. Tarde o temprano se van a enterar, pero durante estos días es mejor que no, para que pueda descansar tranquilo.

Me pregunté hasta qué punto era genuino el interés del comisario por el bienestar del niño. Cuánto había de proteger al chico, y cuánto de cuidarse sus propias espaldas. Al fin y al cabo, una ex-miembro de la policía acababa de matar a quemarropa a un tipo famoso.

# CAPÍTULO 28

Irma tanteó la pared pero fue incapaz de encontrar un interruptor que encendiera la luz en el pasillo que comunicaba el escenario con la trastienda del teatro. De no ser por la claridad que se colaba por debajo de la puerta del camarín del pastor, se habría dado de narices contra algo. Era raro que su marido todavía siguiera allí y no se hubiera ido con los otros a algún restaurante.

Caminó despacio por el largo pasillo hasta que sus ojos se ajustaron a la oscuridad y pudo distinguir las otras tres puertas. Ella y el pastor eran los únicos que tenían camarines propios en los teatros. El resto de la banda se repartía los que quedaban, si quedaban. Esta vez, en Puerto Madryn, habían sobrado dos para los tres músicos.

Irma pasaba un buen rato en el suyo maquillándose y haciendo ejercicios de vocalización antes de cantar. Y cuando terminaba, se encerraba allí hasta que el teatro se vaciaba por completo y sus compañeros se iban a cenar y emborracharse. Entonces volvía al escenario, y desde allí miraba las cientos —a veces miles— de butacas vacías. Aquello la ayudaba a pensar.

Volvía ahora de ese ritual, después de la presentación del martes en Puerto Madryn. Caminaba por el pasillo en penumbras cuando una mano le tapó la boca. Intentó gritar, pero no pudo, y sintió un brazo fuerte alrededor de su cintura que tiró de ella hasta meterla en uno de los camarines vacíos. Irma empezó a patalear y sacudirse para librarse, pero se detuvo al oír la voz que le susurró al oído.

—No hagas ruido que vas a alarmar al pastor.

—Gerardo, la puta que te parió. ¿Estás loco? —dijo en voz baja, dándole un puñetazo en el hombro al guitarrista de la banda.

—Era un chiste, che. No te pongas así.

—¿Y cómo querés que me ponga, si casi me...

Sintió los labios húmedos de Gerardo en los suyos. Cerró los ojos por un instante, pero luego le puso las manos sobre el pecho y empujó para separarse.

—Acá no, Gerardo. Maximiliano puede abrir esa puerta en cualquier momento.

Dijo estas últimas palabras sin convicción. Gerardo le besaba el cuello despacio, suavemente, y había apoyado su mano grande sobre uno de sus senos. Con la otra, la sujetaba de la cintura.

—Gerardo, es peligroso. Esto es muy peligroso.

—Tenés razón —le dijo él mientras le levantaba el vestido y tiraba hacia abajo, con prisa, de su ropa interior.

—Nos podemos meter en problemas.

—Es peligroso —repitió él y se bajó la bragueta.

Ella se mordió el labio y cerró los ojos, reprimiendo cualquier gemido que pudiera atravesar las dos puertas de madera que los separaban de su marido.

# CAPÍTULO 29

La mesa de entrada del Hospital Regional estaba a oscuras y, en lugar de recepcionista, detrás del escritorio había un guardia de seguridad con la vista pegada a su teléfono.

—Busco a Ariana Lorenzo —le dije al acercarme—. Perdón, Analía Moreno. Entró apuñalada en el cuello esta noche, entre las diez y las once.

El hombre levantó la vista de la pequeña pantalla y me miró de arriba abajo.

—Buenas noches para usted también.

—Necesito saber cómo está. La acuchillaron enfrente de mí hace menos de cuatro horas.

Moviéndose con parsimonia, el guardia se estiró para alcanzar un portapapeles.

—Hay una Analía Moreno —dijo tras repasar la lista—. La entraron hace unas horas. Es policía me parece.

—Ésa misma. ¿Cómo hago para averiguar cómo está?

—Subí por esas escaleras y seguí los carteles a terapia intensiva. Preguntale ahí a alguna de las enfermeras. Acá dice habitación catorce.

Subí los escalones de dos en dos. Al llegar arriba vi a una médica que caminaba con las manos en los bolsillos de su guardapolvo blanco.

—Doctora. Soy el novio de Analía Moreno —mentí—. ¿Cómo está?

—¿Sabés lo que le pasó?

—Sí. Yo estaba ahí.

—Está grave, pero estable. Tiene una herida muy profunda en el cuello. La hoja del cuchillo llegó hasta la arteria carótida y tuvimos que intervenirla de urgencia. Perdió muchísima sangre.

—¿Fuera de peligro?

—No, fuera de peligro todavía no.

—¿La puedo ver?

—Imposible hasta que nos aseguremos durante las próximas horas de que no se repite la hemorragia.

—¿Y el nene que encontramos en la casa?

—Él sí que está fuera de peligro. Tiene varios hematomas y laceraciones en las muñecas y los tobillos, por las ataduras. En su caso el daño físico no es lo importante. Hay que ver qué le hicieron acá —dijo, señalándose la sien—. Está en observación en la habitación doscientos cuatro.

Me despedí de la doctora y caminé por pasillos desiertos hasta dar con esa habitación. La puerta estaba entornada y, después de golpearla con suavidad, la empujé de a poco. Por la ventana, la luz blanca de un farol de la calle atravesaba las cortinas blancas. La pared del baño de la habitación sólo me dejaba ver el bulto de los pies pequeños del chico debajo de la manta blanca. Frente a él, una mujer de pelo largo dormía en una silla.

Al notar mi presencia, se incorporó de un respingo.

—¿Sí? —me preguntó, apartándose el pelo de la cara.

—Me llamo Ricardo Varela. Soy uno de los que lo encontraron —dije, señalando a los pies del niño—. ¿Es tu hijo?

La mujer se quedó mirándome en silencio durante un instante, petrificada. Luego largó un suspiro y dio tres zancadas hasta quedar a dos palmos de mi cara. Me miró, sonrió y se lanzó hacia mí apretándome en un abrazo.

—Le salvaste la vida a mi Lucio —dijo entre sollozos silenciados contra mi pecho—. Me lo iba a matar. Ese monstruo me lo iba a matar.

No supe hacer otra cosa que corresponder su abrazo. Apenas mis manos tocaron su espalda, rompió en un llanto profundo. Quizás tuviera razón y el Cacique tenía pensado matar a Lucio. O hacerle algo peor. Por suerte, ya no íbamos a saberlo.

—Disculpame —dijo la mujer apartándose de mí y secándose las lágrimas con las palmas de las manos—. Ni siquiera me presenté. Me llamo Catalina.

—No hay nada que disculpar. ¿Cómo está Lucio? ¿Duerme?

—Sí. Le dieron un tranquilizante después de examinarlo. Cuando se calmó un poco lo bañamos. Se quedaba dormido en la ducha, pobrecito.

De nuevo, los ojos de la mujer se llenaron de lágrimas.

—Me dijo la policía que lo tenía encerrado en un sótano, muerto de frío como si fuera un animal.

Peor que un animal, pensé, pero me limité a asentir. La mujer ya tendría la cabeza repleta de imágenes horrorosas como para darle más detalles.

—¿Cómo está?

—Físicamente está bien, pero los médicos no saben si le quedarán secuelas psicológicas.

—Esperemos que no, Catalina. No pienses en eso.

—Y encima justo ahora, que venía re bien con el tratamiento psicológico.

Me quedé en silencio, sin saber si debía preguntar o no.

—Ser físicamente tan diferente a los demás le afecta mucho a Lucio. Se siente que lo miran como a un bicho raro —dijo la mujer—. Tiene nueve años, y ya está entrando en esa edad en que ser distinto parece terrible.

Sólo comprendí aquella frase cuando avancé hacia el interior de la habitación y me detuve frente a la cama de Lucio. Su pelo, que en aquel sótano estaba oculto debajo de un gorro, era completamente blanco. Y su piel, que ya no estaba cubierta de mugre, era rosada y sin un solo lunar.

Con el miedo de aquel momento y un cuchillo en la garganta no me había dado cuenta de que Lucio era albino.

# CAPÍTULO 30

—¡Tenemos todo el día para nosotros! —dijo Irma cuando Gerardo le abrió la puerta de su habitación en el hotel Raventray de Puerto Madryn—. No vuelve hasta la noche. ¿Qué te gustaría hacer?

Gerardo se encogió de hombros. Irma le dio un beso en la boca y notó olor a whiskey. En la mesita junto a la cama, vio un vaso en el que solo quedaban unos hielos redondeados.

—¿Querés que vayamos al centro a almorzar? Si nos apuramos a lo mejor enganchamos algún barquito que nos lleve a ver ballenas.

—Me da igual.

—¿Qué te pasa? —preguntó, aunque sabía perfectamente cuál era el problema.

—Nada.

Gerardo se levantó de la cama y miró al mar por la ventana. Irma se acercó y lo abrazó por la espalda.

—Gerardo —dijo en tono conciliador—, sólo te pido un poquito de paciencia. Mi amor, vos sabés que a mí me encantaría poder estar juntos sin tener que escondernos.

—Eso es mentira.

—Claro que no. Yo...

—Vámonos.

—¿Qué?

—Vámonos. Ahora. Agarrá tus cosas, yo agarro las mías y nos vamos. Chau pastor Maximiliano, chau mentirle a la gente, chau hablar de Dios como si hubiera ido con nosotros al secundario.

—Vos sabés perfectamente que no puedo hacer eso.

—Y yo ya no puedo aguantar más —resopló Gerardo—. Maximiliano es mi mejor amigo desde el colegio. No le puedo estar haciendo esto.

—Y también es mi marido, que además tiene cáncer. ¿Te pensás que para mí es fácil? —retrucó Irma—. No me puedo ir ahora, ni vos tampoco.

—Yo sí que me puedo ir.

—Es tu mejor amigo, no lo podés dejar en este momento.

—Claro. Es preferible quedarme y seguir encamándome con su mujer.

Reprimiendo los deseos de estamparle un cachetazo en la cara, Irma respiró hondo e intentó hablar con tono calmado.

—Gerardo, vos sos libre de hacer lo que quieras. Yo entiendo que la situación no es ideal, pero si te vas no sólo me perdés a mí y a tu amigo. ¿De qué vas a trabajar? La plata que hacés tocando en esta banda no la vas a ganar en ningún lado. ¿Cómo vas a pagar el profesor de piano de Malena y las vacaciones que le prometiste?

Gerardo se pasó una mano lenta por la frente. Apenas veía a su hija durante el año, porque vivía con su madre en Misiones. Tenía trece años y tocaba el piano como los dioses. Por eso todos los meses él le enviaba, además del dinero de la manutención, una buena suma para que fuera a clases particulares con el mejor concertista de Posadas. Además, no había día que Malena no le escribiera un mensaje sobre el viaje a Puerto Rico que habían planeado juntos para las vacaciones de verano.

Irma se sentó en la cama junto a él y le acarició uno de sus brazos fuertes.

—Un día todo esto va a quedar atrás —dijo—. A lo mejor es el mes que viene o a lo mejor pasan años. Pero mientras Maximiliano siga con vida, yo no me voy a mover de su lado.

# CAPÍTULO 31

Me desperté sobresaltado con el ruido de unos nudillos golpeando con fuerza el vidrio. Tardé un segundo entender dónde estaba y recordar que a las tres de la mañana, después de haber hablado un rato largo con la mamá de Lucio, me había vencido el sueño y había decidido irme al Corsa a dormir un poco.

A juzgar por el chaleco fluorescente sobre el uniforme azul del que golpeaba el vidrio, era un inspector de tránsito. En la mano llevaba una libreta y una lapicera.

—Señor, está estacionado en un lugar para discapacitados. Le voy a tener que hacer un acta de infracción.

Le pedí por favor que no me pusiera una multa, pero ni siquiera aflojó cuando le dije que tenía a un familiar en terapia intensiva. A regañadientes, agarré el papelito celeste que arrancó del talonario.

Mientras caminaba hacia el hospital, miré mi teléfono. Eran las seis y media de la mañana y tenía una llamada perdida de Ariana de hacía quince minutos.

Dentro del edificio, subí las escaleras y empujé una puerta de doble hoja con un cartel que decía "Cuidados Intensivos - Prohibidas las visitas sin autorización". Del otro lado, casi me choco con una enfermera alta y corpulenta, de uniforme bordó.

—¿Busca algo, señor?

—Necesito ver a Analía Moreno. Treinta y pocos años, una herida grande en el cuello. Anoche me dijeron que estaba en la habitación catorce. ¿Cómo está?

La mujer frunció el ceño.

—¿Usted es pariente?

—No, no soy pariente. Soy el novio.

—Discúlpeme, pero no podemos dar información sobre pacientes a nadie que no sea familiar directo. Y le recuerdo que esta es una zona restringida que no admite visitas si no están autorizadas por un médico.

—Pero anoche una médica me informó de cómo estaba. ¿Por qué usted no puede hacer lo mismo?

—Perdóneme, pero... ¡eh! ¿Adónde va? Retírese o llamo a seguridad.

Ignorándola, caminé por el pasillo, mirando hacia los lados hasta encontrar una puerta con el número doscientos catorce. Estaba abierta.

—¡Señor! —gritó la enfermera detrás de mí al tiempo que yo entraba en la habitación.

Dentro encontré a una mujer más joven que la que me perseguía y con uniforme de otro color. Estaba de pie junto a la cama vacía, rodeada de aparatos, cables y mangueras. Junto a ella había un carrito de metal lleno de sábanas arrugadas.

—¿Qué pasó con la paciente que estaba en esta cama? —le pregunté.

—Falleció hace una hora —dijo.

—No puede ser —contesté sacando mi teléfono del bolsillo—. Tengo una llamada perdida de ella hace quince minutos.

La enfermera corpulenta que me seguía entró en la habitación.

—Señor, no puede estar acá.

—¿Dónde está Analía Moreno? —le pregunté, señalando la cama.

La chica de la limpieza salió sin decir palabra, llevándose el carro de las sábanas sucias.

—Quizás lo mejor es que hable directamente con la doctora Yagüe.

—¿Es verdad que falleció hace una hora?

La enfermera agachó la cabeza y, sin mirarme, asintió.

# CAPÍTULO 32

Los doce kilómetros entre el hospital de Comodoro y Rada Tilly los hice sin pensar, concentrado en salir de la ciudad, dejar atrás a la gente, las camionetas blancas de las empresas petroleras, y sobre todo la morgue donde ahora tenían a Ariana.

Estacioné en la costanera de Rada Tilly y caminé hacia el agua. La playa me ayudaba a pensar. Allí había tomado las grandes decisiones de mi vida, como proponerle matrimonio a Marina. Y también ahí había ido a llorar todos los días de la semana siguiente a la que murió.

Caminé junto a las olas por la arena compacta, intentando recordar cada detalle de la noche anterior. Como si se tratara de una película, reproduje mil veces en mi cabeza el momento en que Ariana le disparaba de rodillas al Cacique, y éste se abalanzaba sobre ella con el cuchillo en la mano. Una y otra vez, imaginé qué habría pasado si yo hubiese hecho algo diferente. Incluso en el suelo, atado de pies y manos, podría haber intentado patear al Cacique para hacerle perder el equilibrio. O distraerlo con algún ruido. Algo seguramente podría haber hecho, me dije. Cualquier cosa que causase que la punta de la hoja aterrizara unos centímetros más abajo y en lugar de hundirse en la carne se topara con la clavícula o una costilla.

Clavando los talones en la arena, también me pregunté por qué Ariana me había mentido, haciéndose pasar por una periodista. ¿Sabía al peligro que nos exponíamos entrando a esa casa abandonada? Seguro que sí. Si no, no habría llevado un arma. Además, por algo me había pedido perdón mientras esperábamos a la ambulancia. "Te tendría que haber contado todo", había dicho.

Ya no tendría la posibilidad de preguntarle. Ni de saber por qué la habían suspendido de la policía. Tampoco tendría forma de averiguar qué sospechaba del Cacique, y si había sido casualidad que termináramos encontrando a un niño secuestrado o si era eso lo que ella en realidad buscaba.

Caminé un rato más hasta llegar al final de la playa. En lugar de darme la vuelta, comencé a subir el cerro hacia la Punta del Marqués.

Ahora ya no había arena bajo mis pies, sino la tierra gris y seca de la Patagonia, salpicada de tanto en tanto con una pequeña mata de coirón. La subida era empinada y mi respiración se aceleró enseguida. Al llegar arriba, sentí el corazón golpeándome en el pecho y me senté a descansar en una roca. Miré hacia Rada Tilly, la ciudad que muchos consideraban el balneario más austral del mundo. Hasta ayer, en alguna de esas casas vivía el Cacique de San Julián.

Me pregunté si la frase que había dicho el brujo antes de morir tendría algún sentido o era producto del shock que le habrían causado los dos balazos. "Calaca va a estar furioso". ¿Quién o qué era Calaca? ¿Una persona? ¿Un dios?

La vibración del teléfono en mi bolsillo me sacó de esos pensamientos. Ariana Lorenzo, decía la pantalla.

—¿Ariana? —me apresuré a atender.

—¿Ricardo? —preguntó del otro lado una voz de hombre.

—Sí, ¿quién habla?

—Soy Fernando Orlandi, el oficial que te tomó declaración anoche, con el comisario.

—Hola Fernando.

—Mirá Ricardo, no sé cómo decirte esto. Es sobre Analía.

—Ya lo sé, estuve en el hospital hace un rato.

Hubo un silencio en la línea.

—Me gustaría contarte algunas cosas sobre ella, para que entiendas cómo funciona... funcionaba su mente. Además, en el hospital, antes de morir, me dio algo para vos.

# CAPÍTULO 33

A pesar del frío extremo que se había apoderado de la ciudad después de caer el sol, el centro de Comodoro estallaba de gente como cualquier otro viernes a las siete de la tarde. Al cruzar la calle San Martín donde hacía esquina con 25 de Mayo, distinguí la cabeza afeitada de Fernando del otro lado de la ventana enorme del café La Luna. Estaba sentado en una mesa, con su espalda musculosa encorvada hacia adelante y la mirada fija en la pantalla del teléfono.

Al entrar al local, sentí en las mejillas la temperatura agradable del aire templado por la calefacción. El lugar olía a café y a pan tostado.

—Qué frío que se puso —fue lo primero que dijo Fernando al verme, forzando una sonrisa.

Me senté frente a él y pedí un té con limón.

—Perdoname que llego tarde, pero me costó muchísimo encontrar un lugar para estacionar.

—Esta ciudad es el globo perfecto. La siguen inflando y no estalla nunca.

Asentí en silencio. No estaba para conversaciones banales después de todo lo que había pasado en las últimas cuarenta y ocho horas.

—Ayer cuando hablamos por teléfono me dijiste que Ariana te había hablado de mí antes de...

—Analía —me corrigió.

Fernando fue a tomar un sorbo de su café, pero reparó en que su taza estaba vacía. Antes de hablarme, hizo señas al mozo para que le trajera otro.

—No sé por dónde empezar a contarte todo esto.

—Por donde te parezca que yo lo pueda entender.

Orlandi se apoyó contra el respaldo de su silla y se cruzó de brazos. Antes de hablar, exhaló ruidosamente por la nariz.

—Analía era una excelente policía. Fuimos compañeros durante seis años y trabajamos muy bien juntos. Una mina muy inteligente y valiente. Muy nerviosa, también. De esas personas que se comen las uñas, se pasean de un lado a otro, se tocan el pelo. No podía estar quieta ni un minuto.

—Eso lo sé.

—Y una oficial ejemplar durante toda su carrera, hasta hace un año y medio más o menos.

—¿Qué le pasó?

—Dos cosas. Si hubieran sucedido por separado, su historia sería otra. Pero le cayeron juntas, y no lo pudo manejar.

El mozo trajo el nuevo café y Fernando le dio un pequeño sorbo.

—Una fue el asesinato de Javier Gondar, el periodista.

—¿Ella investigó ese homicidio?

—No exactamente. El caso lo llevó la policía de Santa Cruz, porque la muerte fue en Caleta Olivia, y además Gondar era de ahí. Pero cuando apareció el video acusando a Linquiñao, nos pidieron ayuda a los de Chubut. Como el tipo vivía en Rada Tilly y trabajaba Comodoro, tenía más sentido que lo investigara alguien de nuestra provincia. Altuna nos asignó el trabajo a Analía y a mí.

—Y supongo que nunca encontraron nada que lo incriminara.

Fernando negó con la cabeza.

—Nada. Removimos cielo y tierra buscando pruebas e interrogando gente. Nadie sabía nada. Y cuando fuimos a hablar con él, el tipo nos recibió en su caserón de Rada Tilly, nos ofreció té verde y nos contó con toda la parsimonia del mundo que sí, que él lo había matado, pero que lo había hecho a distancia desde Buenos Aires. Tenía una carpeta preparada con los pasajes, fotos en la capital y hasta un CD con el video de una entrevista en vivo para un programa de televisión por cable ese mismo día.

—¿Y no pudo haber trucado todo eso?

Fernando me miró a los ojos e inclinó la cabeza hacia un lado. Por favor, decía el gesto, no me subestimes.

—No hay duda de que Linquiñao estuvo en Buenos Aires ese día. Y a eso sumale que en la escena del crimen todo apuntaba a que Gondar había intentado resistirse a un robo. Los de Santa Cruz no tardaron mucho en convencerse de que el brujo no tenía nada que ver.

—Pudo haber contratado a alguien para asesinar a Gondar mientras él estaba lejos.

—Eso es lo que pensaba casi todo el mundo, y lo que intentó demostrar Analía. Buscó desde todos los ángulos posibles la conexión entre el Cacique y Gondar, pero fue tan incapaz como yo de dar con nada. La diferencia entre nosotros dos fue que para ella se convirtió en una obsesión. Ése fue el primer golpe duro. Dicen que tarde o temprano todos los policías nos obsesionamos con un caso. Lo que nunca se sabe es cuál va a ser el que le termine tocando los cables acá adentro a cada uno.

Mientras decía esas palabras, Fernando levantó su brazo enorme y se señaló la sien. Yo terminé mi té con limón de un sorbo y llamé al mozo para pedirle una copa de vino. El policía se pidió otra para él.

—Y justo en ese momento, cuando ella estaba loca por el caso de Gondar, llegó el otro golpe. Y ahí sí, nocaut.

El policía miró por la ventana hacia la calle.

—Una mañana nos mandaron a la escena de un homicidio doble. Era una casa abandonada que se caía a pedazos en el barrio Roca. Al entrar nos encontramos a una mujer degollada en el suelo del comedor. El charco de sangre medía más de un metro de diámetro. Sobre su pecho desnudo había un bebé recién nacido apoyado boca abajo.

Fernando bebió un trago largo de su copa de vino, sin quitar los ojos de la ventana.

—Fue Analía la que levantó al bebito y descubrió que él también tenía un tajo en el cuello.

Cerré los ojos.

—A partir de ese día empezó a faltar a la comisaría diciendo que no se sentía bien, algo que jamás había hecho. Y una vez hasta vino borracha. Me costó convencerla para que se fuera a su casa. La tuve que amenazar con reportarla al comisario.

Fernando se detuvo un instante, como analizando los pros y los contras de contarme lo que seguía. Finalmente dio un suspiro largo y me miró a los ojos.

—El comisario siempre odió a Analía, desde el día que se hizo cargo de la comisaría. Nunca la quiso porque es un misógino y se negó siempre a aceptar que su mejor oficial fuera una mujer. Parece absurdo, pero en las fuerzas de seguridad estas cosas pasan.

—Por lo que dijo Altuna anteayer mientras me tomaban declaración, me pareció que muy bien no se llevaban.

—Se llevaban pésimo. Y la relación se terminó de pudrir cuando él quiso obligarla a dejar de trabajar en lo de Gondar.

—¿Por qué?

—Según él, porque no iba a ningún lado y no podíamos seguir empleando recursos en ese homicidio que ni siquiera pertenecía a nuestra jurisdicción. En esta ciudad hay un asesinato cada quince días.

—¿Y según ella?

—Analía tenía la teoría de que había algo más. Que el comisario escondía algo.

—¿Y vos qué pensás?

Fernando dudó un instante antes de contestarme.

—Que para ese momento Analía ya se había vuelto loca y empezaba a ver fantasmas donde no los había. Es cierto que Altuna estaba esperando una oportunidad para echarla, trasladarla, hacer algo para deshacerse de ella. Pero eso también era así antes del caso de Gondar. El tipo la odiaba, pero eso no lo involucra en encubrir el asesinato del periodista.

—¿Qué pasó con el caso de la mujer y el bebito?

—Al final agarramos al culpable. Como casi siempre, el marido. Era chamán, curandero o algo así, y ahí a Analía se le fue todo al carajo. En menos de un mes, tres muertos relacionados con el mundo del ocultismo.

—¿Pero este tipo, el que mató a la mujer y al bebé, tenía algo que ver con el Cacique?

Fernando se apresuró a negar con la cabeza.

—Absolutamente nada que ver. Era un brujo de barrio que estaba hasta las pelotas de drogas. Ayahuasca y cocaína, principalmente, aunque también algo de alcohol. Declaró que no era su culpa, que el diablo se había apoderado de él y le había dicho que era el precio a pagar por toda la magia negra que había hecho en su vida.

Orlandi dio otro trago largo a su copa de vino.

—Cuando dijo eso, lo estaba interrogando Analía. El tipo estaba esposado y ella lo agarró del pelo y le empezó a golpear la cabeza contra la mesa. Le partió el tabique y lo tuvieron que operar de urgencia. Ni bien pudo hablar, dijo que quería hacerle juicio a la policía.

—Y por eso la suspendieron.

—Por eso y por los análisis de sangre. El comisario pudo comprobar que mientras Analía desfiguraba al tipo, estaba bajo el efecto de las anfetaminas. Yo la había visto más nerviosa de lo normal ese día. Hablaba a los gritos y tenía los ojos como platos, pero pensé que era por la ansiedad de tener que entrevistar a alguien así.

—¿Y la volviste a ver durante este año y medio, desde que la suspendieron?

—Varias veces. Ella seguía obsesionada con lo de Gondar y continuaba con la investigación desde su casa. Volvió en alguna ocasión a hablar con el comisario para comentarle lo que iba encontrando, pero el tipo no quiso saber nada.

Hubo un silencio lo suficientemente largo como para que ambos termináramos nuestras copas de vino.

—Mañana la entierran. ¿Vas a ir? —me preguntó.

—Creo que no.

Fernando se ofreció a pasarme a buscar para que fuéramos juntos si cambiaba de opinión. Le agradecí y quedamos en que si me decidía a ir, lo llamaría.

—Me dijiste que Analía te había dado algo para mí —le recordé, antes de despedirnos.

—Mirá, Ricardo —dijo, pasando un dedo por el borde de su copa vacía—. Esto tenés que tomarlo como de quien viene. Una persona inestable que, además, estaba agonizando.

Asentí, aunque me costaba asociar a la Ariana que yo había conocido con la Analía loca y neurótica que describía Fernando. Inclinando su cuerpo hacia un costado, el policía se metió una mano en el bolsillo del pantalón. Puso sobre la mesa un manojo de llaves unidas a un llavero del ratón Mickey.

—Me pidió que te diera esto y te dijera que ahora sí vas a entenderlo todo. Son las llaves de su casa.

# CAPÍTULO 34

Me despedí de Fernando en el café y decidí dejar el Corsa donde estaba y volver a casa caminando. Eran las nueve y la noche estaba helada.

Mientras caminaba reparé en que hacía apenas una semana que había pasado la noche con aquella mujer, que ni siquiera me dijo su verdadero nombre. Y en que dos días atrás, a esa misma hora, Analía y yo estábamos en mi coche siguiendo al Cacique. Me pregunté, por enésima vez, qué sabría exactamente ella de él y cuál era el verdadero motivo para seguirlo con un arma a la cintura. ¿Tendría que ver con las últimas palabras del Cacique antes de morir? *No tienen ni idea de lo que acaban de hacer. Calaca va a estar furioso*, había dicho. Apuré el paso, apretando las llaves en mi mano.

Al llegar a mi casa encendí la computadora. Según Google, una calaca era una calavera que se usaba como decoración en el Día de Muertos en México. En otras partes de Centroamérica, calaca era sinónimo de parca. Muerte.

Quizás el Cacique se había referido a la muerte con su última frase. Pero en ese caso, ¿por qué decir que iba a estar "furioso"? Aquello no tenía ningún sentido. Calaca tenía que ser una persona. O quizás una deidad. Pasé las siguientes dos horas intentando responder aquellas preguntas pero fui incapaz. No había nadie en Internet con ese apodo que no viviera en la otra punta del mundo.

El teléfono vibró en mi bolsillo sacándome de mis pensamientos.

—¿Hola, Ricardo? Soy Catalina, la mamá de Lucio.

—Hola, ¿cómo estás? ¿Cómo anda él?

—Bien, todo bien. Sigue en observación. Hoy lo vino a ver una psiquiatra. Me recomendó que lo llevara al psicólogo durante un tiempo, por las dudas. Pero dice que ella lo encuentra bien, dentro de todo. En unos días le dan el alta.

—¡Qué bueno!

Del otro lado de la línea hubo un silencio.

—Lo del alta me refiero. Qué bueno que pronto ya se pueda ir a casa.

—Sí.

Hubo otro silencio, que ambos intentamos llenar al mismo tiempo. Ganó ella.

—Te llamo porque Lucio hoy me hizo mil preguntas sobre vos. Creo que sos una especie de héroe para él.

Recordé mi miedo aquella noche y la valentía de Analía, y me pareció de lo más injusto que fuera yo el que se hubiese quedado con la admiración de Lucio.

—Con todo lo que te debe estar pasando ahora por la cabeza —dijo Catalina—, me imaginé que no te vendría mal que te contara algo así. Me dijo tres veces que te quiere conocer.

—¡Por supuesto! Yo encantado. Puedo pasar en horario de visita.

—No —se apresuró a decirme—. No hace falta que sea tan pronto. En realidad te llamo ahora porque Lucio me hizo prometerle que hoy hablaría con vos para decirte que le gustaría conocerte.

—Qué grande, Lucio.

—Perdón por molestarte. Es que no le puedo decir que no a nada.

—Obvio. Pero en serio, me puedo dar una vuelta por el hospital.

—No hace falta. Cuando puedas, cuando pase un poco de agua debajo del puente, llamame y quedamos donde te venga mejor a vos.

—Bueno, decile a Lucio que yo también tengo muchísimas ganas de verlo. Y sí, quizás es mejor que lo de-

jemos para dentro de unos días, así no tenemos que ver-
nos en el hospital.

—Se va a poner re contento —dijo Catalina, y por el
tono de voz supe que estaba sonriendo.

Me pregunté cuánto habría tardado en volver a
hacerlo si no hubiésemos encontrado a su hijo la noche
anterior. Entonces yo también sonreí.

# CAPÍTULO 35

Unos dedos rápidos se posaron sobre el mouse. El cursor se movió sobre el fondo de pantalla —una hoja verde de cuya punta pendía una gota de rocío— hasta encontrar un icono con dos computadoras conectadas por un cable rojo.

Doble clic y una ventana gris se abrió en la pantalla. Después de escribir lentamente los trece caracteres, los dedos apretaron *enter*, haciendo aparecer un cartel de letras negras.

*Bienvenido a F2F-Anywhere. Recuerda que esta red "friend to friend" existe con el simple propósito de facilitar un canal de comunicación encriptado y fuera del alcance de los motores de búsqueda de la WWW. Te recordamos las únicas dos reglas:*

*1) No hay censura. Cualquier tipo de mensaje será publicado tal y como lo envíe el usuario.*

*2) El usuario es el único responsable de los contenidos publicados.*

El puntero del mouse se movió hacia el ícono de "Mensaje Nuevo". Los dedos rápidos escribieron sobre el teclado.

*Para: ChoiqueMagico*
*Asunto: Lugar y hora para el intercambio*
*Mensaje: Llegamos a Comodoro Rivadavia dentro de dos semanas. El jueves. Dígame dónde nos encontramos para arreglar lo del albino. Llevo los 6.000 dólares en efectivo.*

Otro clic del mouse y una pantalla confirmó al usuario Calaca que el mensaje había sido enviado con éxito.

# CAPÍTULO 36

Al abrir la puerta del departamento de Ariana —por momentos me costaba pensar en ella como Analía—, me invadió una sensación de tristeza enorme. Sobre la mesa de la cocina había una taza con restos de café y un libro de Arturo Pérez-Reverte abierto boca abajo. Abrí la heladera: un tetra brick de leche por la mitad, una pequeña olla con sobras y el cajón de las verduras lleno de lechugas, tomates y pepinos.

En el suelo había un plato vacío. Rogelio, pensé. Ojalá que no se haya quedado adentro de la casa dos días y medio sin comer.

Las tres puertas que daban a la cocina-comedor estaban cerradas. Abrí primero la del baño y después la de la habitación de Ariana. Ni rastro de Rogelio. La cama deshecha era otro signo horrible de una vida arrancada de cuajo.

Tanteé el picaporte de la tercera puerta. Estaba cerrada, igual que la vez anterior. Elegí del llavero de Mickey la llave que me pareció que mejor encajaría en la cerradura, y al probarla la puerta se abrió con un chasquido aceitado.

Al encender la luz de la habitación, descubrí que estaba absolutamente vacía de muebles. No había cama, ni mesa, ni sillas, ni armarios. Solamente dos grupos de pilas de papeles, uno a cada lado de la habitación. Sobre el más pequeño, la foto de un hombre pegada a la pared me miraba fijamente.

Di un paso para acercarme, pero un sonido a mis espaldas me hizo detenerme en seco. Antes de que pudiera reaccionar, Rogelio había entrado a la habitación y se refregaba contra mis tobillos.

Caminé hacia la cocina con paso acelerado para despegarme del gato, pero me siguió sin separarse siquiera un palmo de mis talones. Al detenerme junto al plato vacío, el animal levantó lentamente la cabeza hasta mí y volvió a maullar.

—Bueno, bueno. Dejame ver qué hay.

Abrí alacenas al azar hasta que encontré una lata de su comida. Sabor pollo, decía la etiqueta. Con el primer mordisco, el gato dejó de registrar mi presencia. Lo único que parecía importarle era el bodoque blanquecino que acababa de aterrizar en su plato. Lo dejé ahí y volví a la habitación vacía.

Sobre uno de los dos montones de papeles —cientos de fotocopias separadas en pequeñas pilas—, había un libro. En la tapa lila sonreía el mismo hombre de la foto pegada en la pared. El título era *Mi amistad con Jesús,* y el autor, un tal pastor Maximiliano Velázquez.

El segundo grupo de papeles, al otro lado de la habitación, era más grande. Me bastó una mirada rápida para saber que ahí estaba toda la investigación que Ariana había hecho sobre la relación entre el Cacique de San Julián y la muerte de Javier Gondar. Cuando Fernando me había dicho que Ariana había continuado investigando incluso después de que la suspendieran de la policía, yo me la había imaginado trabajando sobre una mesa y no en el suelo de una habitación vacía.

Me puse de cuclillas para mirar más de cerca las pilas de papeles. Todas tenían una primera página escrita a mano a modo de carátula. Había una pila "Recortes Gondar" y una "Declaraciones Juan Linquiñao". Cuando vi que una de ellas se llamaba "Cazador de Farsantes", se me heló la sangre.

La levanté del suelo. El primer documento era una foto mía.

# CAPÍTULO 37

Irma Keiner sacó de su bolsillo una llave magnética y abrió la puerta de la suite presidencial del hotel Raventray de Puerto Madryn.

—Hoy cantaste mejor que nunca —le dijo el pastor, incorporándose un poco en el enorme sillón de cuerina roja en el que estaba despatarrado.

Observó que su marido se había duchado después de la presentación y, en lugar del traje negro, llevaba ahora una chomba color salmón y pantalones grises. Los pies descalzos daban golpecitos rápidos sobre la alfombra.

Irma se sentó frente a él. Sobre la mesita que los separaba había una hielera de metal empañado con una botella abierta dentro.

—¿Una copita de champán? —preguntó él.

Irma lo fulminó con la mirada.

—¿Estás loco o qué te pasa?

Su marido negó al mismo tiempo con la cabeza y el dedo índice. Luego posó sus pupilas enormes sobre ella y aspiró fuerte por la nariz.

—Ah, ya entiendo. Estás más drogado de lo normal.

—En algún momento tendrás que vivir un poquito, ¿no? —dijo él ignorando su comentario. Luego sirvió dos copas de champán y se inclinó sobre la mesita para extenderle una.

—¿Me estás jodiendo, Maximiliano?

—Una copita no te va a hacer nada. No me digas que no tenés ni un poquito de ganas.

—Siempre voy a tener ganas.

Mirando la copa, Irma cerró los puños hasta sentir que sus propias uñas se le clavaban en las palmas. Recordó las palabras de Freddy once años atrás, cuando ella no era nadie y sus días se dividían en doce horas junto a una botella de vino y otras doce durmiendo en la cama de quien encontrara más a mano. La mala noticia es que vas a ser una alcohólica toda tu vida, le había dicho Freddy. La buena es que Dios y yo vamos a estar siempre a tu lado, recordándote por qué vale la pena mantenerte alejada. Después habían rezado agarrados de la mano y Freddy le había dado un brebaje oscuro y amargo que la había hecho vomitar durante un día entero. Desde ese día, jamás había vuelto a probar el alcohol.

La copa con el líquido dorado seguía frente a ella, y ahora el cristal también se había empañado. Irma apretó un poco más los puños, reprimiendo las ganas de arrancársela de la mano a su marido y bebérsela de un trago.

—Me parece que me voy a ir a dormir a otra habitación esta noche —dijo levantándose del sillón—. Hablamos mañana cuando se te pase.

Alzando las cejas, su marido dejó la copa en la mesa y luego mostró sus palmas en señal de paz. Irma deseó que el champán no hubiera quedado tan cerca de ella.

—Si yo estuviera en tu lugar, disfrutaría un poquito antes de que se vaya todo a la mierda —dijo él sacando del bolsillo una bolsita de plástico y vertiendo un poco de cocaína en el dorso de su mano—. Porque la noticia es oficial: se va todo a la mierda.

Después de decir esta frase, aspiró la montañita blanca y tiró la cabeza hacia atrás lentamente.

—¿Y tenés pensado morirte de sobredosis esta noche en lugar de pelearla?

—A. La. Mierda. —repitió él, señalando a su alrededor—. Esto se termina, Irma. Ahora sí que me muero. El de ayer fue el tercer oncólogo que me dice lo mismo. No hay vuelta atrás.

Irma rodeó la pequeña mesa, se puso de cuclillas junto a su marido y le acarició las mejillas. Estaban calientes del alcohol y la cocaína.

—Maxi, escuchame una cosa. ¿No fue eso mismo lo que te dijeron hace dos años? ¿Qué hubiera pasado si decidías bajar los brazos entonces?

—Esta vez es distinto, Irma. No hay vuelta atrás. Cagué fuego. No sé cómo querés que te lo explique. Así que yo que vos me tomaría el champán, porque dentro de unos meses me muero yo, se mueren las presentaciones del pastor milagroso y se muere la guita. Lo máximo a lo que vas a poder aspirar es a un vino en caja.

Irma inspiró hondo y largó de a poco todo el aire de sus pulmones, contando hasta diez antes de responder. Cuando lo hizo, habló con el tono más sereno que pudo lograr.

—Por favor, Maximiliano. No pienses en lo peor. Siempre hay esperanza, tenés que tener fe.

—¿Fe? ¿A mí justamente me vas a hablar de fe? ¿Qué fe voy a tener yo, que a los que tienen esta enfermedad les doy un empujón y les digo que ya están curados?

Irma se puso de pie y empujó suavemente la cabeza de su marido hacia ella. El pastor la abrazó por las caderas y hundió la cara en su vientre. A través de la tela de su blusa, sintió el aire caliente y húmedo que largaba él con cada sollozo.

Pasaron varios minutos hasta que los hombros del pastor dejaron de encogerse con los espasmos del llanto. Cuando despegó la cara del vientre de Irma, se secó las lágrimas con el dorso de la mano y se estiró para alcanzar la bolsita que había dejado junto al champán. Aspiró con fuerza hasta vaciarla. Antes de tirarla al suelo, pasó el dedo por el polvo blanco que había quedado pegado al plástico y se lo llevó a las encías.

—Hay que aprovechar mientras se pueda —dijo, sacudiendo la cabeza, y se abalanzó sobre ella hasta darle un beso.

La lengua del pastor buscó abrirse paso entre los labios cerrados de Irma, y sus manos bajaron hasta agarrarle con fuerza las nalgas.

—Pará, Maxi. ¿Qué hacés? —dijo ella, apartándose.

El pastor hizo un ademán como si borrara de un manotazo lo que ella acababa de decirle.

—¿No puedo disfrutar de mi mujer tampoco? —dijo, y se inclinó sobre la mesita para tomar un largo sorbo de champán.

—Maximiliano, hoy no estás bien. Acostate a dormir y mañana ya hablamos cuando estés sobrio —dijo Irma, retrocediendo hacia la puerta.

Al oír aquello, el pastor negó lentamente con la cabeza. Vació en su boca la copa que tenía en la mano y, sin tragar el líquido, se lanzó sobre Irma. Ella dio un paso hacia atrás, pero no pudo evitar que las manos de su marido le agarraran la cara.

Sintió los pulgares fuertes clavándosele en las mejillas. Aunque forcejeó para liberarse, él logró pegar sus labios a los de ella y meterle un poco de champán en la boca.

Apenas pudo despegar sus labios, Irma le escupió el líquido en la cara. Él sacudió la cabeza y la empujó, haciéndola caer sobre el sillón en el que acababa de estar sentada. Antes de que pudiera incorporarse, el pastor se le tiró encima y le apretó las muñecas con manos fuertes. Cuando la tuvo inmovilizada, empezó a besarle el cuello. Irma pataleó y gritó con todas sus fuerzas mientras la boca de él bajaba hacia su escote.

La presión en sus muñecas disminuyó de golpe, y el pastor se apartó de ella dando varios pasos hacia atrás. Tenía la mirada perdida, y se agarraba los pelos con ambas manos.

—¿Qué estoy haciendo? Perdoname, Irma. Perdoname por favor.

Ella se secó una lágrima y se fue corriendo de la habitación.

# CAPÍTULO 38

En la foto se me veía de perfil. Me la habían tomado desde lejos, mientras yo entraba al consultorio de la Bruja del Kilómetro Ocho para hacerle una cámara oculta. La misma por la que me había felicitado Analía Moreno el día que me fue a ver a la universidad haciéndose pasar por periodista de *El Popular*.

Sentado en el suelo del cuarto vacío, examiné el resto de los papeles de la pila donde acababa de encontrar mi foto. El siguiente era una lista con fechas y acontecimientos. Una línea de tiempo en la que reconocí mi vida en los últimos dos años.

> *Julio 2012: Ricardo Varela y Javier Gondar coinciden en un curso de escritura.*
> *Septiembre 2012: Muere Marina Carrillo (mujer de Ricardo Varela). Cáncer. Clienta del Cacique de San Julián.*
> *Enero 2013: Asesinato de Javier Gondar. Disparo en la cabeza. En video póstumo, Gondar responsabiliza de su muerte al Cacique de San Julián.*
> *Febrero 2013: Programa especial de TV sobre el Cacique de San Julián en Canal Nueve.*
> *Mayo 2013: Primera cámara en sitio web "Cazador de Farsantes", de Ricardo Varela.*

A pesar de que mientras esperábamos a la ambulancia Analía Moreno me había confesado que sabía lo de Marina, nunca imaginé que me habría estudiado tan bien. Si yo mismo hubiese tenido que escribir una lista con los eventos más importantes de mis últimos dos años, habría sido prácticamente idéntica a la que ahora tenía en mis manos.

El resto de los papeles dedicados a mí eran impresiones de textos que yo había escrito en mi página web. En cada uno de ellos, Analía Moreno había señalado con un marcador fosforescente los nombres y direcciones de brujos y videntes que yo mencionaba.

Dejé los papeles en el mismo lugar donde los había encontrado y me dediqué a examinar las otras pilas de documentos que había en aquel lado de la habitación. Todo tenía algo que ver con el Cacique o con Javier Gondar. Había recortes de diarios, fotocopias de declaraciones, expedientes y fotografías. Estaba seguro de que allí descubriría otras cosas que Analía había decidido ocultarme.

Leí el testimonio de Ángela Goiri, la novia de Gondar. La mujer decía no saber absolutamente nada. Un día había vuelto del trabajo y había encontrado un DVD sobre la mesa con una carta del periodista diciéndole que si le pasaba algo, subiera el video a Internet.

Antes de ponerme a estudiar todos aquello documentos en detalle, crucé la habitación de rodillas para darle una ojeada a los otros papeles, entre los que había encontrado la biografía del tal pastor Maximiliano.

La pila más grande eran fotocopias de un expediente de la policía bonaerense. Ojeándolo, me enteré de que el pastor había tenido varios entreveros con la ley a principios de los años noventa, cuando era apenas un adolescente. Cuatro ingresos a la comisaría de Monte Grande, en la provincia de Buenos Aires. Dos por robo y dos por tenencia de cocaína.

El siguiente documento era del año dos mil ocho y tenía el logo de la Asociación Federal de Ingresos Públicos. En él, la AFIP intimaba a Maximiliano Velázquez al pago del impuesto a los bienes inmuebles correspondientes a una casa en un barrio privado de Ezeiza, valorada en ochocientos mil dólares.

Descubrí también una denuncia en una comisaría de La Rioja donde Mirta Palacio, de cuarenta y dos años de edad, declaraba que Maximiliano Velázquez había intentado propasarse sexualmente con su hija Estefanía Palacio, de dieciséis años.

El último de los papeles era la impresión de un correo electrónico. Apenas ocupaba media página.

*De: monstruos_pastor_cacique@gmail.com*
*Enviado: 07/07/2014 07:21am*
*A: denuncias_anonimas@policia.chubut.gob.ar*
*Asunto: Acaben con este monstruo, por favor.*

*Buenas tardes. Antes que nada, quiero dejar claro que me gustaría decir quién soy, pero tengo miedo. Por eso prefiero comunicarme con ustedes a través de este servicio de denuncias anónimas.*

*Dentro de aproximadamente un mes, el viernes 8 de agosto, se presentará en Comodoro Rivadavia un "sanador" llamado Maximiliano Velázquez, conocido en todo el país como el pastor Maximiliano.*

*Por favor, sigan a Velázquez de sol a sol durante su visita a Comodoro Rivadavia. En algún momento se reunirá con un brujo de la ciudad al que le llaman el Cacique de San Julián. En esa reunión se demostrará que ese pastor no sólo es un estafador, sino también un monstruo. Por favor, créanme. Hay vidas en peligro.*

El mensaje había sido enviado hacía tres semanas, exactamente un día antes de que Analía Moreno me fuese a ver a la universidad. A juzgar por la dirección de la que venía, el remitente había creado una cuenta de correo electrónico exclusivamente para enviarlo al servicio de denuncias anónimas de la policía de la provincia de Chubut.

¿Cómo había tenido acceso Analía a un correo electrónico confidencial, si llevaba meses suspendida de la policía? Quizás algún colega, pensé, e hice una nota mental de hablar con Fernando.

También me pregunté por qué Analía me había dejado las llaves de su casa. Me quedaba claro que era para que viera todo eso, pero ¿qué esperaba que hiciera? Y, por otra parte, si hubiera sobrevivido a aquella noche, ¿me habría mostrado la habitación alguna vez?

Ojeé un poco más los papeles sobre Velázquez. Varios de ellos eran impresiones de sitios web de periódicos locales anunciando presentaciones del pastor Maximiliano, un hombre capaz de sanar sólo a base de fe. También encontré una especie de lista de todos los que trabajaban con él.

*- Irma Keiner. Esposa del pastor. Cantante, teclados.*
*- Gerardo Ponce. Guitarra y coros.*
*- Eusebio Combina. Baterista.*
*- Tomás Arana. Bajista.*
*- Ángel "Lito" Gálvez: Conductor del camión con la utilería. Asistente en el escenario.*
*- Eugenia Maragall. Asistente.*
*- César Rae. Sonidista, iluminador y operador de pantallas gigantes.*
*- Jaime Milovanovic. Camarógrafo.*

Detrás de la lista había un cronograma impreso de la página web del pastor. La presentación en Comodoro Rivadavia era el ocho de agosto y estaba señalada con verde fluorescente. Al margen de la hoja, Ariana había hecho una anotación a mano. *Reserva en suite presidencial de Hotel Lucania del 6/8 al 9/8.*

Consulté el calendario en mi teléfono. Faltaban dos semanas para que Velázquez llegara a nuestra ciudad.

# CAPÍTULO 39

Durante el recorrido entre la casa de Analía y la mía, miré varias veces por el espejo retrovisor las dos cajas de cartón en las que había puesto todos los papeles de la habitación. En una, la investigación sobre el Cacique y la muerte de Gondar. En la otra, información sobre el pastor Maximiliano Velázquez. Lo único que las vinculaba era la denuncia anónima que ahora viajaba junto a mí en el asiento del acompañante.

Al llegar a mi casa, mientras se calentaba el agua para el mate, puse la caja con los papeles del pastor sobre la mesa de la cocina. Volví a repasar la intimación de la AFIP a pagar los impuestos, los recortes de diarios del interior hablando sobre sus presentaciones milagrosas y la denuncia de Mirta Palacio acusándolo de pedófilo.

Decidí que en algún momento intentaría contactar con esa mujer. Probablemente le diría que sospechaba que Velázquez también se había intentado propasar con mi hijo, e intentaría que me contara los detalles de qué había pasado entre su hija y el pastor.

Mis ojos se posaron sobre las tapas de color lila de *Mi amistad con Jesús.* Abrí la autobiografía en las primeras páginas.

En primera persona, Maximiliano Velázquez contaba que había nacido en El Jagüel, un barrio humilde del Gran Buenos Aires. Familia de clase media-baja, padre obrero en una fábrica de lavarropas y madre ama de casa. Había ido a un colegio de curas, donde fue monaguillo. Según sus propias palabras, muchos años más tarde se daría cuenta de que fue ahí donde entendió por primera vez el verdadero valor de la fe.

En la escuela secundaria llegaron las malas juntas. A los dieciséis se había ido a vivir con unos amigos y a los diecisiete la policía lo llevó detenido por primera vez. En su biografía se refería a esa parte de su vida como los *años oscuros*. Repitiendo hasta el hartazgo su vergüenza y arrepentimiento, el pastor reconocía haber estado preso cuatro veces, dos por robo y dos por tenencia de cocaína. Aquello, pensé, cuadraba con el expediente policial que había conseguido Analía.

Los siguientes capítulos hablaban de su tiempo en la cárcel. No había sido mucho, escribía el pastor, pero sí suficiente para darse cuenta de que no quería terminar ahí, como la mayoría de sus amigos del barrio.

A los treinta años había empezado a tirar el tarot y a curar el empacho. Sin embargo, no había sido hasta cinco años después que Jesucristo se le había aparecido para convertirlo en quien hoy era.

El encuentro había sucedido once años atrás. Él y su mujer Irma estaban visitando Humahuaca, en Jujuy, cuando un niño le hizo señas de que lo siguiera hacia una casa de adobe. Al entrar en ella, el niño había desaparecido. Velázquez estaba a punto de irse de allí cuando una voz retumbó en las paredes y le dijo que su vida estaba destinada a ayudar a los demás, y que a partir de aquel día tendría un don y también una obligación.

*Al salir de aquella casa*, escribía el pastor, *sentí que había vuelto a nacer. Por eso cuando me preguntan a qué iglesia represento, digo con la frente bien alta que a ninguna. No necesito que una iglesia me nombre pastor. A mí este trabajo me lo dio el mismo Jesucristo.*

La primera parte de la autobiografía terminaba con aquel párrafo. La segunda era una recopilación de predicciones de gran envergadura en programas de radio y revistas de poco calibre. Por ejemplo, durante el primer mandato de Néstor Kirchner, Velázquez había predicho que después de él gobernaría una mujer por muchos años. Una foto de Cristina Fernández ocupaba la mitad de la página junto al texto de la profecía.

Un año y pico lidiando con charlatanes me había enseñado que el único poder necesario para lograr algo así era la paciencia. Bastaba con hacer cincuenta predicciones, dejarlas documentadas en alguna revista de poca monta y luego utilizar como propaganda las que se cumplieran, sin mencionar las que no.

Para cuando terminé de leer la biografía, se había hecho de noche y me dolía el estómago de tomar tanto mate. Encendí la computadora y busqué la web del pastor Maximiliano. Tenía el mismo tono lila que la tapa de su autobiografía.

En la página principal había un video titulado *Los milagros del pastor*. Duraba cuatro minutos, y en él se veía a Velázquez alargándole la pierna a un niño que tenía una más corta que la otra, curando cánceres y adivinando nombres, direcciones y hasta números de teléfono de gente del público. Según él, información que le había pasado Jesucristo la noche anterior.

Ni siquiera es original para engañar a la gente, pensé. El pastor Maximiliano estaba haciendo en Argentina lo que Michael Poppof y Uri Geller habían hecho en Estados Unidos y Europa treinta años atrás.

# CAPÍTULO 40

Mantener una página web como *Cazador de Farsantes* no era barato. Algunos de los charlatanes cobraban la visita por adelantado, y otros me pedían que comprara ciertos materiales para sus trabajos. Además, hacía medio año un encuentro con un vidente se había ido un poco de las manos y perdí los anteojos con cámara mientras el tipo me corría por el centro de Comodoro con un cuchillo. El par que usaba ahora lo había tenido que sacar con la tarjeta en doce cuotas.

Fue justo por esa época que mi primo Gaby me sugirió que pusiera una opción para aceptar donaciones. La web ya llevaba ocho meses activa y tenía miles de visitas por semana. Hasta había seguidores que me habían enviado cámaras ocultas hechas por ellos mismos en diferentes lugares del país, sobre todo en la Patagonia. Si había locos dispuestos a hacer algo así por mi web, seguro que habría muchos otros que no tendrían problema en colaborar con unos pesos, había razonado Gaby.

Abrí la hoja de cálculos con la lista de todos los que habían colaborado alguna vez. La mayoría de ellos había sufrido de una manera u otra las consecuencias de un brujo, vidente o fauna por el estilo. Muchos eran víctimas directas, sobre todo de chantaje espiritual. Amenazas del estilo "si no deshacemos el trabajo que te hicieron cuanto antes, tu vida corre peligro". Otros tenían a alguien cercano que, en un momento difícil, había confiado en un delincuente de estos y había terminado desvalijado. También contaba con algún que otro médico cuyos pacientes sufrían las consecuencias de esperar demasiado tiempo una cura milagrosa antes de buscar atención médica tradicional. Y hasta había recibido una donación de un brujo que consideraba indignante que ciertos impostores desprestigiaran su profesión.

Recorrí con la lista hasta encontrar la dirección de email de Zacarías Madryn. Zacarías, que probablemente se llamaba de otra manera, vivía en Puerto Madryn y no sólo me daba dinero todos los meses sino que me había enviado una cámara oculta en la que él mismo confrontaba a una médium. Le escribí un correo electrónico.

*Hola Zacarías, ¿Cómo estás?*

*¿Sentiste nombrar alguna vez a Maximiliano Velázquez? Es un pastor milagroso que ahora está de gira por la Patagonia y pasado mañana hace su segunda presentación en Puerto Madryn. Estoy pensando hacerle una cámara oculta cuando venga a Comodoro en un par de semanas, y me gustaría recabar información de antemano. Por lo que pude ver en Internet, es un charlatán de feria, y hace exactamente los mismos trucos baratos que hacían los teleevangelistas de los ochenta y noventa.*

*¿Estás disponible pasado mañana para ir a verlo? Estaría buenísimo si podés filmar algo de la presentación, como para tener más material para el video final. Si sale bien, seguramente será lo más exitoso que hayamos hecho en Cazador de Farsantes hasta el momento. ¿Te animás a ayudarme?*

*Abrazo*

*Cazador*

Tras enviar el email, incliné la cabeza hacia ambos lados y los huesos de mi cuello crujieron. Me estiré un poco en la silla y me puse a buscar en Internet información relacionada con la denuncia de Mirta Palacio contra el pastor por abuso de su hija menor de edad.

Media hora más tarde no había logrado dar con nada. Ni siquiera había sido capaz de encontrar en Facebook, Google, ni la web de la guía telefónica a ninguna Mirta Palacio que encajara con lo poco que yo sabía de aquella mujer. Quizás lo mejor era tratar de descansar un poco y volver a intentarlo al día siguiente, con la mente más despejada.

Ya agarraba con la mano la pantalla de mi computadora para cerrarla, cuando se me ocurrió que era más probable que Estefanía Palacio, la hija adolescente de Mirta, tuviera más presencia en Internet que su madre. Me prometí que después de una búsqueda rápida me iría a dormir.

En Facebook encontré una Estefanía Palacio en La Rioja, de donde era la denuncia de abuso contra el pastor. Hice clic en su foto de perfil para agrandarla, y en la pantalla apareció una adolescente de ojos enmarcados en lentes gruesos. Llevaba un gorro de lana holgado del que se escapaban dos mechones totalmente blancos, iguales a los de Lucio.

Junto a su fotografía, un cartelito me indicaba que Estefanía Palacio y yo teníamos un amigo en común.

# CAPÍTULO 41

—¿Me ves?

—Sí, ahora sí —le dije a la cara rosada de Estefanía Palacio que apareció pixelada en la pantalla.

Su pelo no era blanco como en su foto de perfil, sino que ahora lo llevaba teñido de castaño claro y le caía suelto sobre los hombros. Tenía sombra azul en los ojos y labios pintados de color marrón. Estaba en esa etapa de la vida de muchas adolescentes en la que todavía no han aprendido a dosificar el maquillaje.

—Gracias por responderme tan pronto —dije, observando que de la pared a sus espaldas colgaba una reproducción del *Guernica* de Picasso.

Le había enviado un mensaje por Facebook el sábado a la noche, apenas descubrí que teníamos de amigo en común a Javier Gondar. Le dije que me gustaría hablar con ella porque yo estaba completando el artículo que Javier había empezado. Para ser sincero, el mensaje que le envié daba a entender, aunque sin decirlo, que Gondar y yo habíamos sido compañeros de trabajo.

Estefanía había respondido a mi mensaje media hora más tarde.

*No tengo Internet en casa (ahora estoy en lo de una amiga), pero el lunes me quedo hasta tarde en el colegio porque tengo que terminar un trabajo de Geografía. Si me ves conectada, avisame y hablamos.*

—¿Cómo estás? —le pregunté.

—Muy bien, gracias. Hoy está fresquito. Hace once grados —dijo, cruzando los brazos y encogiéndose de hombros.

—¡Once grados! —respondí, mirando de reojo el termómetro que tenía en la ventana de la cocina. En Comodoro hacía cuatro.

Le hablé un ratito del tiempo para romper el hielo. También le conté que, aunque eran las siete y media de la tarde, hacía una hora que estaba oscuro. Asombrada, ella apuntó la cámara a su ventana. Dos mil kilómetros al norte, al día todavía le quedaba un ratito.

—Bueno —dije finalmente—, como te comenté en mi mensaje, en realidad quería que habláramos un poco de Javier Gondar.

—Sí, tu amigo el periodista.

Su entonación fue algo seca, como si no le tuviera mucho aprecio. Quizás demasiado seca para referirse a alguien muerto.

—Por tu tono de voz, imagino que muy bien no te cae —dije, hablando de Gondar en presente para no alarmarla.

—No, a ver, con el flaco todo bien. Muy buena onda y muy divertido. Pero al final se empezó a poner un poco pesado y le tuve que cortar un poco el rostro. No lo borré del Facebook de casualidad.

—¿Cómo se conocieron?

—Me hizo una entrevista hace casi dos años. Yo tenía dieciséis.

—¿En serio? ¿Y sobre qué te entrevistó?

Estefanía se acomodó el pelo y miró a la cámara con una cara que seguramente había ensayado mil veces frente al espejo.

—Me contactó porque quería escribir un artículo sobre albinos.

—¿Y cómo te encontró?

—La verdad es que no lo sé. Nunca le pregunté. Un día me apareció su mensajito, le contesté y ahí arrancó todo.

—¿Y charlaron mucho?

—Uffff, en total, horas. Hablamos un montón sobre la discriminación. Me acuerdo que estaba muy interesado en si yo creía que ser albina influía para bien o para mal a la hora de que un chico quisiera salir conmigo. Mientras hablábamos de todo eso, Javier fue muy buena onda.

La chica se llevó un cigarrillo a la boca.

—¿No estás en la escuela? —pregunté.

Me contestó después de encenderlo y largar el primer humo.

—Sí, pero está todo bien —me dijo, mirando a ambos lados casi por obligación—. El único que queda es el sereno, y lo tengo comprado con sonrisitas.

—Me decías que al principio Javier te cayó muy bien.

—Sí, al principio, divino.

—Pero...

—Pero un día nos conectamos y me empezó a hacer preguntas medio raras. Cosas que no tenían nada que ver con el albinismo. Si era católica, por ejemplo.

—¿Y por qué te preguntó eso?

—Yo qué sé. Le respondí que de vez en cuando voy a la misa del Padre Ignacio, que es el cura que me bautizó. Imaginate que yo en ese momento no entendía qué tenía que ver esa pregunta con su artículo.

—¿Y le dijiste eso?

—Por supuesto que se lo dije, y reculó enseguida.

Estefanía volvió a llevarse el cigarrillo a la boca.

—Volvimos al albinismo —prosiguió Estefanía—. Charlamos de lo grave de las quemaduras de sol y de los problemas de visión. Todo bien hasta que, un rato después, insistió con la religión. Me preguntó si creía en los pastores sanadores, y me pidió que por favor le contestara, que para él era muy importante.

—¿Y lo hiciste?

—Sí, a regañadientes. Le dije que no sabía si creía o no, que nunca fui a ver a ninguno. Le mencioné que mi vieja sí es de creer en esas cosas, pero que yo no tenía una opinión ni a favor ni en contra. Entonces sí que se puso realmente pesado.

—¿Pesado?

—Sí, me pidió que hiciera memoria. Que intentara recordar si alguna vez había acompañado a mi mamá a ver a alguno. Hasta me mandó la foto de uno y me preguntó si lo conocía. Me dijo que había estado acá en La Rioja hacía un tiempo.

—¿Y te acordás de cómo se llamaba el tipo?

Estefanía hizo memoria mientras soltaba el humo.

—La verdad, no.

—¿Puede ser un tal pastor Maximiliano?

—Puede ser. No me acuerdo.

—¿Éste? —pregunté, poniendo la autobiografía frente a la cámara.

—¿Vos también?

—No. Bueno, sí, pero te prometo que ésta va a ser la única pregunta que haga sobre el tema. ¿La foto que te envió Javier era de este tipo?

Estefanía se acercó tanto a la pantalla que detrás de los anteojos de marco grueso pude ver que sus iris eran de color violeta, casi rosa.

—Sí, es ése —dijo al cabo de unos segundos.

Me quedé en silencio intentando encajar aquella nueva pieza en el rompecabezas. Javier Gondar le había preguntado a Estefanía Palacio si conocía al pastor Maximiliano tres meses después de que la madre de ella hiciera la denuncia por acoso. Sin embargo al ver la foto de Velázquez, Estefanía no parecía haberse alarmado. De hecho, su expresión era casi de aburrimiento. Otro pesado que me pregunta lo mismo, parecía pensar.

—Pero, quitando su insistencia, me caía bien. ¿En qué anda? —preguntó, sacándome de mis especulaciones.

—¿Quién?

—Javier. ¿Quién va a ser? ¿Lo ves seguido en el trabajo? Yo no volví a hablar con él desde el día que me mandó la foto de ese tipo. Lo traté un poco mal, la verdad. Le dije que ya me tenía podrida de las preguntas desubicadas y que si no quería seguir hablando de albinismo, me dejara de joder.

Se confirmaba, Estefanía no tenía ni idea de que Gondar llevaba año y medio muerto.

# CAPÍTULO 42

En los ochenta, el barrio de las Mil Ocho viviendas había marcado el límite entre la ciudad de Comodoro Rivadavia y la meseta marrón que se extendía, plana y erosionada por el viento, a lo largo de miles de kilómetros. Treinta años después, cuando estacioné el Corsa debajo de una farola de luz amarillenta, la ciudad lo había engullido por completo.

La casa de Lucio y Catalina estaba en uno de los bloques mejor cuidados. Los vidrios de la escalera estaban intactos, y en las paredes había apenas algunos grafitis. Hasta funcionaba el portero eléctrico.

—Sentate, Ricardo. Lucio está en su habitación —me dijo Catalina apenas entré a la casa, en la planta baja.

Por dentro, la vivienda se parecía más a una cabaña de la Cordillera que a un departamento en una de las zonas más difíciles de la ciudad. Todos los muebles, incluso el sofá, estaban construidos con troncos sin corteza. El suelo era de parqué marrón y en las estanterías junto al televisor había pequeños muñequitos de madera con forma de duendes y hadas.

Después de unos minutos de silencio, la voz de la madre de Lucio se fue haciendo cada vez más cercana.

—...yo ahora te preparo una leche con chocolate y mientras vos charlás con Ricardo, ¿querés?

No oí la respuesta, pero después de lo que me había contado la madre por teléfono, me imaginé a Lucio asintiendo con la cabeza.

—Hola, Ricardo —me dijo cuando apareció en el comedor.

Al verlo, me invadió un sentimiento de alivio. Paz, casi. El niño limpio, bien vestido y con el pelo blanco y brillante que ahora me saludaba no tenía nada que ver con aquella criatura desesperada y sucia que había encontrado en el sótano seis días atrás. La única señal visible de lo que le había pasado eran los últimos rastros de un moretón alrededor del ojo izquierdo.

—Hola campeón, ¿cómo estás?

—Bien —me dijo con voz apenas audible y se sentó junto a mí en el sofá. Luego encendió el televisor.

—No lo habrás hecho venir a Ricardo hasta acá para ponerte a ver la tele, ¿no? —lo reprendió la madre, asomándose desde la cocina con una bandeja de madera en la que traía tres tazas.

Lucio se encogió de hombros y sonrió.

—Está bien —dije—. Yo hace mucho que no veo dibujitos.

Intenté romper el hielo hablándole de dibujos animados, pero con movimientos de cabeza Lucio me contestó que no tenía ni idea de quiénes eran He-man o los Thundercats. Decidí no presionarlo demasiado, y me puse a charlar con Catalina.

—Los muebles de esta casa son preciosos —dije, pasando la palma de la mano por el tronco que me servía de apoyabrazos.

—Los hice yo. Son de madera de la Cordillera. Ciprés y Radal, casi todos.

—¿En serio los hiciste vos?

—¿No me creés? —preguntó sonriendo.

—Sí, claro que sí. Me asombra un poco, nada más. Nunca conocí a nadie que hiciera muebles. ¿Dónde aprendiste?

—Negocio familiar. Mis viejos tienen una tienda en El Bolsón, y yo me crié ayudándolos. Cuando me mudé a Comodoro con Lucio, empecé a fabricar acá. Tengo un taller en el barrio Roca, y también doy cursos.

—Qué lindo, la Cordillera —dije—. Quién no fantaseó alguna vez con dejarlo todo e irse a vivir allá.

—Es un lugar maravilloso —respondió Catalina—, pero no hay mucho trabajo. Por eso me vine para acá con Lucio. Llevamos cuatro años, y de a poco el taller se va haciendo conocido.

—No me extraña. Son preciosos —dije, señalando a mi alrededor.

Catalina me sonrió, y después habló en tono exageradamente alto mientras le acariciaba el hombro a su hijo.

—Bueno, Ricardo, resulta que te pedimos que vinieras a visitarnos porque Lucio tiene algo que decirte, ¿no es así, mi amor?

—Sí —dijo el niño, sin dejar de mirar la televisión.

—¿Qué le querías decir a Ricardo, Lu?

Hubo un silencio, y luego Lucio se giró para mirarme un instante a los ojos.

—Gracias por salvarme —dijo en voz baja.

Al oír esas tres palabras, se me puso la piel de gallina. Aquel niño tenía nueve años. Nueve años y por culpa de un hijo de puta ya había aprendido lo que significaba que te salven la vida.

—De nada, campeón. Para mí es una alegría enorme haber podido ayudarte.

—Yo no quería que me llevaran tan lejos —dijo, bajando la mirada.

La madre y yo nos miramos, extrañados.

—¿Qué te llevaran adónde, mi amor? —preguntó ella, acariciándole la cabeza.

—A Buenos Aires. El señor ese de la nariz grande me dijo que son como dos días en camión.

—¿Te dijo que te iban a llevar a Buenos Aires en camión? —pregunté, imaginándolo muerto de miedo en aquel sótano mientras Linquiñao le contaba historias.

—Sí.

—¿Y qué más te dijo ese señor?

—Me dijo que si dejaba de gritar él no me iba a pegar más.

El mentón de Lucio empezó a temblar, y el niño bajó la cabeza hasta incrustarlo en su pecho. La primera lágrima cayó sobre una de sus manos rosadas.

Catalina se apresuró a abrazarlo, y yo no pude más que apartar la mirada.

# CAPÍTULO 43

Llegué a mi casa casi a la medianoche, después de cenar con Lucio y su mamá. No volvimos a hablar de lo que les había pasado. Mientras comíamos, él me dio una clase magistral sobre dibujos animados de este siglo. Después del postre, le mostré videos en Internet de He-Man y los Thundercats.

Durante el viaje de vuelta a casa, intenté ordenar un poco mis ideas. En lo de Analía había encontrado una denuncia anónima que mencionaba un encuentro entre el Cacique y el pastor Maximiliano. Dos monstruos, según quien la había enviado. Y ahora Lucio me acababa de decir que el Cacique de San Julián lo tenía secuestrado para que alguien se lo llevara a Buenos Aires. El pastor, según su biografía, era de Buenos Aires.

Por otra parte, Estefanía Palacio insistía en que no conocía al pastor, y sin embargo su madre había hecho una denuncia por acoso. Fuera cual fuera la explicación, esa denuncia y el secuestro de Lucio conectaban a Maximiliano Velázquez con dos jóvenes albinos que vivían a dos mil kilómetros de distancia. Era imposible que aquello fuera casualidad.

En ese momento, mientras estacionaba el Corsa, me vino a la memoria el caso de Marcela Salgado. Marcela era una adolescente, también albina, que había desaparecido en el norte de Argentina hacía unos años. Los padres habían movido cielo y tierra para encontrarla, y salían cada día en los canales de televisión y diarios más importantes de la Argentina. Todo el país había estado pendiente de Marcela durante esos días, hasta que su cuerpo apareció descuartizado en un pastizal del Gran Buenos Aires.

Al entrar a casa, encendí la computadora y busqué en Internet la historia de Marcela Salgado. Una crónica de *El Popular* titulada *Marcela Salgado: el horror,* relataba la historia completa. Estaba fechada en abril de 2012, hacía dos años y tres meses.

*Lo que hace cincuenta y siete días empezó con la preocupación de unos padres en el diminuto pueblo de Las Bengas, en la provincia de Tucumán, tuvo ayer un desenlace macabro a mil doscientos kilómetros de distancia. En la localidad de El Jagüel, provincia de Buenos Aires, unos jóvenes que atravesaban un pastizal de camino al colegio descubrieron el cuerpo mutilado y sin vida de Marcela Salgado (14).*

*"Íbamos a la escuela, cortando campo por un terreno baldío y descubrí unas manchas de sangre en unos pastos. A diez metros encontré a la chica, desnuda. Le faltaban las manos y los pies", comenta Juan Palomar, el chico de dieciséis años que tuvo la desgracia de encontrar a Marcela.*

*El caso de Marcela Salgado tuvo repercusión nacional cuando El Popular entrevistó a sus padres al mes de la desaparición. Nora Bayón (37) y Miguel Salgado (42), manifestaron en aquella oportunidad el descreimiento a que Marcela se hubiera ido sin avisarles. Además, destacaron que la desaparición coincidió con la celebración del ciento cincuenta aniversario de la fundación de Las Bengas, el pueblo del que la familia es originaria. "Se llenó de gente de afuera por la fiesta que organizó la municipalidad", comentó Nora.*

*Esclarecer el crimen de Marcela Salgado quedará ahora en manos de la Policía Federal. El comisario Francisco Menéndez, a cargo de la investigación, confirmó a El Popular que las pericias forenses indi-*

*can que Marcela Salgado no fue víctima de abuso sexual.*

*A partir de hoy, el trabajo de la gente del comisario Carrillo se concentrará en encontrar al responsable y responder a la pregunta que nos hacemos todos los argentinos. ¿Qué pasó con Marcela Salgado?*

Terminé de leer aquello con los pelos de punta. El cuerpo desmembrado de Marcela había aparecido nada menos que en El Jagüel, la localidad de la provincia de Buenos Aires donde se había criado Maximiliano Velázquez.

En el sitio web del periódico había decenas de artículos sobre el caso. Desde la primera entrevista de *El Popular* a los padres hasta una crónica de un año atrás titulada *Un hombre del Jagüel se declara culpable de la muerte de Marcela Salgado.* Hice clic en ésta última.

*En el día de ayer, en juicio oral y público, Cipriano Becerra (32), se declaró responsable del secuestro y homicidio de la joven tucumana Marcela Salgado (14).*

*Becerra, con domicilio en El Jagüel —la localidad donde apareció el cuerpo de Salgado— confirmó que se encontraba de vacaciones en Las Bengas durante el mes de abril de 2012, cuando la joven fue vista por última vez con vida. Con respecto a la brutalidad del crimen, Becerra se negó a declarar.*

*"Según me dijeron, su testimonio fue corto", comentó a El Popular don Miguel Salgado, padre de Marcela. "Dijo que había sido él y negó cualquier tipo de abuso sexual, lo cual se corresponde con la autopsia. Cuando el juez le preguntó por el motivo, todo lo que dijo fue que no podía explicarlo. Que había sido un impulso."*

*El fiscal Ramón Azcuénaga declaró esta mañana que solicitará prisión perpetua para Becerra. Se espera que la defensa alegue trastornos psicológicos graves.*

Otra búsqueda me reveló que Becerra tenía sida y había muerto de una infección a los dos meses de ser sentenciado a prisión perpetua.

Me levanté de la silla y puse a calentar agua. Metí en una taza unas cucharadas de café instantáneo con azúcar y un chorro de agua. Mientras batía la pasta marrón, pensaba en el caso de Marcela y en el de Lucio. Ambos eran albinos y habían sido secuestrados en el interior del país. Marcela había aparecido en Buenos Aires, que era el mismo lugar donde se iban a llevar a Lucio. Y además, a uno lo había secuestrado un brujo y a la otra le habían cortado las manos y los pies.

¡Gaby!, pensé. Durante una conversación que habíamos tenido hacía mucho tiempo, mi primo me había hablado de la situación de los albinos en ciertas partes de África. Según él, mucha gente los consideraba seres mágicos, y hasta había quienes los secuestraban para venderlos a brujos.

¿Podía estar pasando algo así en Argentina? Hablaría con mi primo al día siguiente.

# CAPÍTULO 44

El reloj en el rincón de la pantalla marcaba la una y media de la madrugada. Acababa de empezar a buscar en Internet otros casos de albinos desaparecidos en Argentina, cuando me llegó un correo electrónico de Zacarías Madryn.

> *¿Cómo andás, Cazador?*
> *Che, ahí estuve viendo las presentaciones de este tipo y son una tomada de pelo. Los trucos que hace tienen por lo menos treinta años. Obvio que mañana lo voy a ir ver acá en Madryn. Pero no voy a filmar, voy a hacer algo mucho mejor. Te va a encantar.*
> *Abrazo*
> *Zaca*

Le respondí para agradecerle y pedirle que me contara exactamente qué se traía entre manos. Le dije que por lo que había leído del pastor, podía ser un tipo peligroso, así que le sugerí que tuviera cuidado.

Después de contestarle, retomé mi búsqueda de desapariciones de albinos en Argentina. Encontré dos organizaciones que se dedicaban a publicar listas de gente perdida. El diseño de las webs era prehistórico y ninguna de las dos permitía filtrar los resultados según la descripción física de las personas. Pensé en recorrer las fotografías una a una buscando albinos, pero las listas eran demasiado largas. Leí que en Argentina desaparecían trescientas personas por año.

Me llevó media hora escribir un programa que recorriera las listas en ambas webs y aunara toda la información en una base de datos. Mientras lo hacía, se me ocurrió que al año siguiente les encargaría a mis alumnos un algoritmo similar como trabajo final de la materia. Cuando la base de datos estuvo lista, ejecuté una consulta para seleccionar todas las personas perdidas en los últimos cinco años en cuya descripción figuraran las palabras "albino" o "albina".

Dieciséis resultados entre 2010 y 2014.

Leí cada uno con detenimiento. Más allá del albinismo, no parecían tener nada en común. Había gente de ambos sexos y de todas las edades. El más viejo era un anciano de ochenta y dos años, y la más joven, una niña de nueve. El caso más reciente era de hacía tres meses. Silvia Prat, de cincuenta y dos, había sido vista por última vez en Rosario el primero de mayo.

Busqué en internet la tasa de albinismo en humanos. Según un estudio de la Universidad de Boston, una de cada diecisiete mil personas padecía la mutación congénita. Sin embargo, en mi base de datos había una de cada setenta y siete. Hice la división en la calculadora y el resultado me dejó perplejo. En los últimos cinco años, un albino tenía doscientas veinte veces más probabilidades de desaparecer que cualquier otra persona en la Argentina.

Ejecuté otra consulta en mi base de datos para separar las desapariciones por año.

*2010 — 0 albinos de 298 desaparecidos (0.00%)*
*2011 — 0 albinos de 276 desaparecidos (0.00%)*
*2012 — 5 albinos de 302 desaparecidos (1.66%)*
*2013 — 7 albinos de 246 desaparecidos (2.84%)*
*2014 (hasta Julio) — 4 albinos de 119 desaparecidos (3.36%)*

Me quedé paralizado mirando la pantalla.

# CAPÍTULO 45

Eran las tres y media de la mañana cuando enchufé la impresora láser junto a mi computadora. Imprimí un mapa de Argentina en cuatro hojas A4 y las uní con cinta adhesiva. Marqué con puntos azules los lugares donde habían desaparecido los dieciséis albinos en los últimos tres años.

Con cada punto que agregaba al mapa, se confirmaba otra anomalía estadística. Casi todas las desapariciones habían sido en el interior del país. Lugares remotos con poca densidad de población como Salta, La Rioja y Santa Cruz. Sin embargo, en la provincia de Buenos Aires —donde vivía un cuarenta por ciento de la población del país— sólo había un punto azul.

Quizás quien los estaba haciendo desaparecer no visitaba la capital. O a lo mejor todo aquello era obra de un monstruo que prefería cazar lejos de donde comía. Miré la biografía del pastor Maximiliano, abierta sobre la mesa. Me costaba imaginarme que alguien fuera capaz de una barbaridad así.

Me metí en la web del pastor. Había una lista de todas las presentaciones planeadas para los próximos meses, pero no una de las que ya había hecho. Si quería saber adónde había estado, tendría que tomar el camino largo y recurrir a los recortes de periódicos locales que había encontrado en la casa de Ariana.

Una hora y muchas búsquedas en Internet más tarde, el mapa tenía unos setenta puntos que marcaban lugar y fecha de las presentaciones del pastor en los últimos tres años. Los examiné uno por uno, dibujando un círculo rojo sobre aquellos donde se había perdido una persona albina durante la semana previa o posterior a la visita de Velázquez. Al terminar, conté ocho círculos rojos. La mitad de los albinos en mi base de datos habían desaparecido mientras el pastor Maximiliano estaba cerca.

# CAPÍTULO 46

—¿Magia negra con albinos? ¿Estás seguro de que es magia negra?

—Yo qué sé. Me refiero a usar gente albina para hacer brujería.

—Ah, eso es distinto.

Negué con la cabeza. Por supuesto, para mi primo eran dos cosas diferentes.

Hacía quince minutos que charlábamos con los codos apoyados sobre el mostrador de la santería.

—Mirá —dijo Gaby cebándome un mate—, hay muchas culturas que asocian a los albinos con lo esotérico. Casi siempre con una connotación negativa. Sin ir más lejos, fijate la cantidad de libros donde hay un albino malo. *El código Da Vinci*, por ejemplo.

—Pero yo me refiero a la vida real. ¿Te acordás que una vez me mencionaste que en África sacrifican albinos para hacer brujería?

—Sacrifican, no. Matan.

—Es lo mismo.

—No, señor —dijo Gaby con tono condescendiente y me dio dos palmaditas suaves en la espalda—. Un sacrificio implica que la muerte en sí, la persona que muere, es la ofrenda. Que yo sepa, no hay creencias donde se le ofrezca la vida de un albino a una deidad. Sí las hay que matan niños, vírgenes, lo típico.

—Lo típico —repetí, devolviéndole el mate.

—Pero matarlos para hacer brujería, sí. En Tanzania, sobre todo, está jodido ese tema. Hay chamanes que creen que ciertas partes de personas albinas tienen poderes mágicos para hacer pociones y ese tipo de cosas. Manos, pies, pelo, genitales.

Al oír aquello apreté involuntariamente las rodillas.

—Me acuerdo que hace unos años leí el caso de un nene que había entregado a su hermano albino por trescientos dólares —comentó mi primo—. En el artículo decían que hay gente que paga hasta setenta mil.

—Es increíble que en siglo XXI todavía haya creencias así, ¿no?

—Sí, pero no te creas que es una práctica ancestral ni nada de eso. De hecho es algo relativamente nuevo, que apareció hace quince, veinte años a lo sumo. Antes no existía.

—Es curioso. Tiene toda la pinta de algo tradicional.

—Sí, pero no lo es. Nadie sabe cómo arrancó todo eso, pero a finales de los noventa en Tanzania empezaron a aparecer tumbas profanadas de gente albina. A los cuerpos les faltaban partes, pelo, bueno, lo que ya te dije. Algunos brujos decían que el hueso molido atraía guita. En fin, un horror. ¿Sabés lo que hacen en algunas zonas ahora cuando muere un albino? Arriba del cajón le tiran diez centímetros de hormigón para que no los puedan desenterrar.

—¿O sea que como no pueden acceder a las tumbas hay gente que los caza vivos?

—Sí. Se creó una especie de mercado. Como con todo, si hay quien compra, hay quien vende. A la mayoría los matan, pero ha habido casos en los que los dejan vivos. Yo vi una entrevista de una mujer a la que se le metieron en la casa en medio de la noche, le cortaron las dos manos y la dejaron ahí, en su propia cama. Sobrevivió.

Un hombre cincuentón entró a la santería y Gaby se levantó para atenderlo. Noté que el cliente me miraba con cierto recelo antes de pedirle a mi primo media docena de velas rojas.

—¿Y a vos te parece que eso podría pasar en Argentina? —pregunté cuando el hombre cerró la puerta tras de sí llevándose, por recomendación de mi primo, tres veces más velas de las que había venido a comprar.

—No creo. ¿En qué andás? ¿Por qué te interesa este tema?

Estuve a punto de contarle a Gaby lo que había descubierto sobre la desaparición de albinos en Argentina. Me sentía culpable ocultándole aquello, pero decidí que por el momento era mejor mantener la conversación en el terreno de las suposiciones. Si mi primo se olía algo, el diálogo se transformaría en un sermón sobre el peligro al que me exponía. Sería mejor recurrir a la excusa que me había traído preparada.

—Quiero escribir sobre algo así en mi blog —dije—. Tengo pensada una serie de textos que hablen de lo que sucede en otras partes del mundo. Me gustaría cerrar cada uno con una reflexión sobre si es posible que esas prácticas alguna vez lleguen a Argentina.

—En este caso, yo te diría que es algo muy puntual que pasa en un par de países de África. Poniéndolo en términos científicos, como te gusta a vos, las probabilidades son bajas.

No si te muestro los porcentajes que calculé ayer, pensé.

—Bajas —repetí—. ¿Pero no nulas, entonces?

—Nulas no son nunca. Siempre puede aparecer algo que te sorprenda. Mirá, yo estudio ciencias ocultas desde hace veinte años. La mayoría de las veces me encuentro las mismas prácticas. Macumba, Wicca, Vudú, esas cosas. Sin embargo, de vez en cuando aparece alguno que no se conforma con tierra de cementerio o animales muertos —dijo, señalando con un movimiento de cabeza la puerta de vidrio—. El otro día, sin ir más lejos, vino una mujer a venderme veinticinco muelas.

—¿Muelas de qué?

—Muelas humanas —aclaró, dándose un golpecito con la uña en un diente—. La mina trabaja de asistente en el consultorio de un dentista y me las vino a ofrecer porque una paciente le dijo se usan mucho para hacer trabajos y que en una santería se las pagarían bien.

—¿Y eso es verdad, lo de que se usan?

Mi primo se encogió de hombros.

—¿Vos le tenés asco a las cucarachas?

—Un montón. ¿Eso qué tiene que ver?

—Suponete que salimos a caminar y vemos una cucaracha en la calle. Si te ofrezco cien pesos por matarla de un pisotón, ¿qué dirías?

—Que por cincuenta también la piso si querés.

—¿Y si vemos un perro y te digo que te doy cien mangos si le pegás un tiro?

—¿Adónde querés llegar con todo esto?

—Vos respondeme. ¿Matás a un perro por cien pesos o no?

—Ni loco.

—¿Y por mil?

—Tampoco.

—¿Y te parece que sería difícil conseguir a alguien que dijera que sí a esa propuesta?

—Seguro que no. Hay gente para todo.

—¡Ahí estamos! —exclamó mi primo dando un golpecito en el mostrador—. A vos matar a un perro por guita te parece macabro, pero hay muchos otros que lo harían. A mí hacer brujería con partes humanas, aunque sea simplemente pelo o muelas, me parece horripilante. Pero, como vos mismo dijiste, hay gente para todo.

# CAPÍTULO 47

—¿Me estás diciendo que un tipo que gana una fortuna haciéndole creer a la gente que hace milagros tiene la necesidad de traficar con personas?

El comisario me miraba con una sonrisa incrédula. Un rollo de su panza asomaba atrapado entre sus brazos cruzados y el escritorio que nos separaba.

—Yo sólo le estoy diciendo lo que descubrí.

—Ése es el tema. Descubrir, no descubriste nada.

Lo miré extrañado. Antes de volver a hablarme, Altuna se alisó la corbata con la palma de la mano.

—Dejame que te explique algo, Varela. Vos ves clarísimo que el pastor este está haciendo desaparecer albinos. Yo, sin embargo, veo un montón de ganas de hacer que las cosas encajen. Como mucho, evidencia circunstancial, que le llaman en los juzgados.

El comisario ahora hablaba inclinado hacia atrás en su sillón, con los dedos entrelazados detrás de la nuca.

—Acá hay dos delitos —prosiguió—. Una adolescente de Tucumán que apareció descuartizada en Buenos Aires y un chico secuestrado en Chubut. Los dos albinos, sí, pero los casos pasaron con dos años de diferencia y a miles de kilómetros de distancia. Y encima, tanto para uno como para el otro se encontró un culpable. ¿Entendés a lo que me refiero?

—Pero hay una correlación clara entre las giras del pastor y las desapariciones —dije señalando el mapa que había desplegado sobre el escritorio quince minutos antes, cuando le expliqué al comisario Altuna lo que había descubierto.

—¿Dónde lo ves claro? Algunos puntos coinciden, pero también hay muchísimos otros que no.

—¿Ocho casos le parecen poco? —protesté—. Además, ni siquiera tenemos los datos completos. Puede haber más personas desaparecidas que no estén listadas en las páginas que consulté. O quizás no hay registro en Internet de algunas de las presentaciones del pastor. En los pueblos chicos, pasan muchas cosas que nadie se molesta en poner online. Se lo digo yo que me crié en Puerto Deseado.

—Ah, ya sé lo que podemos hacer. Vamos a un juez y le pedimos una orden de allanamiento para la casa del pastor éste diciéndole que sólo tenemos una teoría y que ni siquiera la podemos respaldar con búsquedas en Google.

—No le estoy diciendo eso.

El comisario me mostró ambas palmas en señal de paz.

—Mirá pibe, yo entiendo que lo que te pasó es muy fuerte. Y estoy convencido de que me venís a ver porque querés ayudar. Te lo agradezco, en serio, pero en este momento la mano más grande que nos podés dar es dejarnos hacer nuestro trabajo. Mirá, yo lo que te recomiendo es que te tomes un tiempo para descansar. Dejalo en nuestras manos, que nosotros sabemos lo que hacemos.

—Comisario, yo lo último que quiero es interferir en su trabajo. Lo que no entiendo es por qué usted ni siquiera está dispuesto a aceptar que es demasiada casualidad que la denuncia contra la chica albina que encontré en la casa de Ariana...

El puñetazo en la mesa me obligó a callarme.

—¿Pero vos quién te creés que sos, pendejo? ¿Te pensás que porque jugaste al detective con esa mina ya sabés todo de ella? No tenés la más puta idea. Ni siquiera te sabés el nombre. Yo, por otra parte, la conocí bien y la sufrí como un grano en el culo. ¿Vos sabés el despelote que armó tu "Ariana" en esta comisaría? Casi me cuesta el puesto a mí y a varios de sus compañeros de trabajo.

Altuna hizo una pausa. Noté que respiraba lentamente, intentando tranquilizarse. Sin embargo, siguió gritando.

—Entendé de una puta vez que esa mina estaba loca. Tenía problemas en la cabeza. Le faltaban caramelos en el frasco. ¿Cómo querés que te lo diga? A ver, decime una cosa, ¿qué harían tus jefes en la universidad si te presentás un día drogado, hasta las cejas de pastillas?

En silencio, me levanté de la silla y le hice un gesto de que no era necesario que siguiera.

—Si no me querés contestar, te lo respondo yo: te pegan una patada en el medio del ojete y no trabajás más. ¿Es verdad o no?

—Me parece que ya no tiene sentido que sigamos hablando —dije.

—¡Contestame, carajo! ¿Te echan del laburo o no?

—Probablemente.

—Bueno, ahora imaginate que en lugar de una tiza, tu herramienta de trabajo es una nueve milímetros con diecisiete balas en el cargador. ¿Entendés a lo que me refiero?

—Sí —dije—. Y también entiendo que no hay nada que yo le pueda decir para hacerle cambiar de opinión.

—Nada que venga de una drogadicta con problemas psiquiátricos que ya me infló bastante las pelotas mientras estaba viva.

—Habla como si le viniera bien que esté muerta —dije, y me fui de la comisaría ignorando los ladridos de Altuna a mis espaldas.

# CAPÍTULO 48

Mientras caminaba hacia mi coche masticando bronca, me sonó el teléfono. Era Fernando.

—No me digas nada —dijo—. Fuiste a ver al comisario y te echó a patadas.

—¿Cómo lo sabés?

—Porque mi oficina está al lado de la suya y cuando Altuna grita, se escucha.

—Sí, lo fui a ver porque en el departamento de Analía había un montón de información útil para la investigación de lo que pasó con Lucio.

—¿Y le mencionaste dónde la habías encontrado?

—Sí.

Fernando aspiró aire entre los dientes como si hubiese visto a alguien hacerse una fractura expuesta.

—¿Por qué no nos juntamos a tomar un café y lo discutís conmigo? —ofreció.

—¿Me vas a ayudar?

—¿Cómo puedo saber si te voy a ayudar si no tengo ni idea de qué descubriste?

Por el tono en que lo dijo, supe que esa frase había sido puro protocolo. Fernando estaba de mi lado.

—Bueno, juntémonos y te cuento. Pero antes me gustaría confirmar una cosa que le va a dar más validez a mi teoría. ¿Te puedo pedir un favor?

—Depende —respondió.

—¿Vos sabés dónde fueron a parar las pertenencias del Cacique cuando se llevaron el cuerpo?

—Está todo acá en la comisaría. Hasta la camioneta tenemos. ¿Por?

—¿Había un teléfono entre sus cosas?

—Obvio. Todo el mundo tiene un teléfono.

—¿Y vos tenés acceso a ese teléfono?

Oí el ruido de la barbilla de Fernando rozando el auricular y luego el chirrido metálico de un cajón abriéndose.

—Lo tengo acá en mi escritorio.

—El favor que te quiero pedir es que lo enciendas y te fijes si tiene algún contacto llamado Calaca, o Maximiliano.

La línea estuvo en silencio durante casi un minuto.

—No, nadie con esos nombres.

—¿Y por "Pastor" te sale alguien? ¿O "Velázquez"?

—No, tampoco. ¿Quién es esa gente?

—¿Qué tipo de teléfono es?

—No sé. Un teléfono normal.

—¿Tiene pantalla táctil?

—Por supuesto. ¿De qué siglo te escapaste? Todos vienen con pantalla táctil ahora, ¿no?

—Sí —dije, recordando las teclas gastadas del pequeño Nokia que había abandonado hacía dos meses por el aparato brillante que ahora tenía pegado al oído.

—Escuchame, Fernando. Yo sé que es mucho pedir, pero me vendría genial tener una imagen de ese teléfono. ¿Sabés lo que es una imagen?

—¿Una foto?

—No. Una copia de toda la información que hay en la memoria. Llamadas, mensajes, historial de navegación web, datos de cada una de las aplicaciones instaladas. Todo. Es como una instantánea del estado del aparato. Por eso se le llama imagen.

—¿Vos querés que me cuelguen de las pelotas? Es recontra ilegal distribuir evidencia. De hecho, hasta es ilegal que me la estés pidiendo.

—Igual de ilegal que darle a Analía una copia de la denuncia anónima que recibió la policía contra el Cacique y el pastor Maximiliano.

—Eso es muy diferente. Analía era mi compañera de trabajo.

—Apartada de su cargo por problemas psiquiátricos.

—Da igual. Yo trabajé con ella durante años, y a vos apenas te conozco.

—Pero sabés bien que por algo ella me dejó las llaves de su casa. Analía quería que yo descubriera todos esos papeles y continuara con su investigación. Si me hacés este favor, de alguna manera la estás ayudando a ella. Y yo te prometo que después de esto te dejo en paz.

Fernando se quedó unos segundos en silencio antes de responderme. Lo sentí largar un soplido en el auricular.

—Si no fuera porque ya hay un culpable del secuestro y encima está muerto, ni loco te diría que sí. ¿Cómo se hace lo de la imagen?

—Sos un grande —festejé—. Yo lo puedo hacer si me prestás el aparato por unas horas.

Sentí una risita del otro lado de la línea.

—Imposible. Este teléfono no sale de la comisaría. Y después de tu charla con Altuna, creo que a vos no te conviene volver.

—¿Y hay alguien ahí que haga informática forense? Casos de robos de identidad, fraudes con tarjetas y esas cosas.

—No. En Comodoro los chorros siguen prefiriendo apuntarte a la cabeza. Ciber-crimen tenemos poco, y cuando hay algo le pedimos ayuda a la Federal. Entonces, si andan con ganas, nos mandan a uno de sus técnicos.

—¿Y no hay nadie que sepa de computadoras en la comisaría? ¿Aunque sea alguien que actualice el antivirus?

—Al flaco Ricatti le encanta la tecnología. Es un cabito que empezó hace poco. Acá nos vende películas a todos. Le pedís lo que sea y al otro día te lo trae grabado en DVD. Un monstruo.

—¿Tenés buena onda con él?

—Soy su jefe.

—Y te parece que si le pedís al flaco Ricatti que te haga una imagen del teléfono del Cacique, ¿te la hará?

—Esto es una comisaría. Yo pido, él hace. ¿Para qué querés eso, Ricardo?

—Creo que sé quién es el tal Calaca que el Cacique mencionó antes de morir, y esa imagen me va a ayudar a confirmarlo. Vos conseguímela y después nos juntamos a tomar un café y te cuento lo que encontré. Decile al muchacho este que cuando la tenga lista la copie en un *pen drive*.

Fernando me hizo prometerle que no compartiría aquella información con nadie, ni mucho menos la publicaría en mi web. Lo hice, y agregó que si llegaba a romper mi palabra me iba a arrepentir.

Cuando colgué, advertí que en un rincón de la pantalla de mi teléfono había un pequeño sobre rojo y blanco. Me acababa de llegar un correo electrónico de Estefanía Palacio.

*Hola Ricardo. Tengo novedades sobre el pastor Maximiliano, ése del que me preguntaste el otro día. Hablamos por Skype cuando quieras. Un abrazo.*
*Estefanía*

# CAPÍTULO 49

Cuando la cara de Estefanía apareció en mi pantalla, ya no tenía el pelo castaño claro como la primera vez que había hablado con ella. Ahora se lo había teñido de un negro azabache que, en contraste con su piel rosada y cejas blancas, le daba un aspecto gótico.

—¿Cómo estás, Estefanía?

—Bien, ¿y vos?

Detrás de la adolescente se veía el mismo cuadro de Picasso que la vez anterior. La chica encendió un cigarrillo.

—El otro día le mencioné a mi mamá la charla que tuvimos —dijo tocándose el pelo—. Le comenté que ya iban dos periodistas que me contactaban para preguntarme por un tal pastor Maximiliano, y que yo no tenía ni idea de quién era ese tipo.

Estefanía le dio una pitada a su cigarrillo y luego alzó la vista hacia la cámara. Parecía que me estuviera mirando directamente a los ojos.

—Se puso pálida y empezó a hablar sin decir nada. Le tuve que levantar la voz para que se dejara de dar vueltas y me explicara exactamente qué estaba pasando.

Estefanía dijo aquella frase con un aire de cansancio, como si no fuera la primera vez que tenía que ponerse firme con su propia madre.

—Y entonces se puso a llorar y empezó a pedirme perdón sin parar. Me repetía que la entendiera, que lo había hecho por mí y por mi hermano.

—¿Qué cosa había hecho?

—Eso mismo le pregunté yo. Cuando por fin se calmó, me contó que había denunciado al pastor Maximiliano por intentar abusar de mí.

Las manos de la chica quedaban fuera de la pantalla, pero por el movimiento de su hombro supe que apagaba el cigarrillo en un cenicero.

—Me contó que hace un tiempo fue a una presentación del pastor Maximiliano acá en La Rioja. Como te dije la otra vez que hablamos, mi vieja sí que cree en estas cosas. Fue para pedir por nuestra situación económica. Desde que se murió mi papá hace cuatro años, está difícil. Mamá plancha ropa por encargo y yo trabajo de noche en una estación de servicio. Yo le digo que si me deja largar la escuela podría ganar más plata, pero no quiere saber nada.

—¿Y por qué lo denunció?

—A la salida del teatro se le acercó un tipo y le dijo que conocía su situación. Que sabía que estaba en problemas económicos y que él le podía dar plata a cambio de un favor.

—Denunciarlo.

—Mucha plata —aclaró Estefanía—. Lo único que mi mamá tenía que hacer era ir a la policía y decir que el tipo ese había intentado abusar sexualmente de mí.

No supe qué decir.

—¿Quién era el hombre que le pagó a mi mamá, Ricardo? —me preguntó.

—¿Y yo cómo lo voy a saber?

—Algo sabrás, igual que Javier Gondar. Por algo los dos me contactaron preguntándome sobre el pastor.

—¿Cuándo fue esto? —pregunté, como si no hubiera leído la denuncia.

—Unas semanas antes de la muerte de Javier. Hace un año y medio.

Esa respuesta no me la esperaba. En nuestra conversación anterior yo había evitado mencionar el asesinato de Gondar, y supuse que ella todavía lo creía vivo.

—No sabía que estabas al tanto de eso.

—No lo estaba hasta el día que hablé con vos. Cuando colgamos, me metí en su Facebook y vi todos los mensajes deseándole que descansara en paz. ¿Por qué no me dijiste que a Javier lo asesinaron al poco tiempo de ponerse en contacto conmigo?

—Porque no tiene absolutamente nada que ver una cosa con la otra —dije, intentando no alarmar más a aquella chica.

—¿Cómo podés estar tan seguro? Si estás seguro es porque sabés algo.

—Estefanía, yo sé tanto como vos —mentí—. Estaba escribiendo un artículo sobre el pastor y descubrí esta denuncia, por eso te contacté. Es así de simple.

—O sea que me mentiste dos veces. No me dijiste nada de la muerte de Javier ni de la denuncia. ¿Quién era ese tipo que le pagó a mi mamá, Ricardo?

—Te juro que no sé. ¿Te dijo algo tu mamá de cómo era ese hombre? Alto, bajo, joven, viejo, esas cosas.

—¿Vos te pensás que voy a dejar que me mientas y encima te voy a ayudar?

—Yo no te mentí, Estefanía. Simplemente no mencioné lo de Javier porque supuse que lo sabrías. Y lo de la denuncia...

Antes de que pudiera seguir hablando, la cara de Estefanía desapareció de mi pantalla. Intenté llamarla de nuevo, pero no me volvió a atender. Quizás la chica tenía razón, y yo debería haberle contado todo desde el primer momento.

Me quedé inmóvil frente a la computadora. ¿Quién le había pagado a la madre de Estefanía para que denunciara al pastor? ¿Y para qué? Si su objetivo era perjudicarlo, ¿por qué la denuncia nunca había salido a la luz en los medios de comunicación?

La única explicación que se me ocurrió fue que alguien había usado aquel papel para extorsionar al pastor.

# CAPÍTULO 50

El hombre atado a la butaca se desmayó al séptimo golpe. Cuando volvió en sí, las dos figuras continuaban frente a él.

—¿Me vas a contar cómo te llamás o le digo a Lito que siga?

La voz del pastor Maximiliano resonó en el teatro vacío. Caminaba de un lado a otro, pateando con sus zapatos brillantes los papeles y vasos de plástico desparramados por el suelo. Hacía apenas una hora, el hombre de la butaca había sido una de las seiscientas personas ovacionando a Maximiliano Velázquez en su última presentación en Puerto Madryn.

—¿Cómo te llamás? —insistió el pastor.

—Zacarías. Me llamo Zacarías Ponte —dijo, y al hablar escupió diminutas gotas de sangre. Se pasó la lengua por los dientes y notó un vacío donde debería haber encontrado un colmillo.

—¿Y para quién trabajas?

—Para nadie.

El golpe de Lito fue directo a uno de los ojos.

—¿Para quién trabajas? —repitió el pastor.

—Para nadie, se lo juro —gritó Zacarías, sacudiéndose en la butaca. Las ataduras de las muñecas le rompían la piel.

—¿Y entonces qué hacías con esto?

Del asiento contiguo al de Zacarías, el pastor levantó un aparato del tamaño de un paquete de cigarrillos. Una luz roja parpadeaba en uno de los costados, y de una esquina asomaba una pequeña antena. El pastor presionó un botón junto a la luz intermitente.

—*Emilio Rosas, sesenta y tres años, se mudó a Puerto Madryn hace veinte. Viene por problemas de salud* —dijo una voz de mujer.

—*Don Emilio* —se oyó decir al pastor—, *anoche Jesús me habló de usted en mis sueños. Hablamos un rato largo ¿sabe? Me dijo que tiene sesenta y tres años y que se mudó hace unos veinte a Puerto Madryn, ¿puede ser?*

—*Sí. Así es.*

—*Y también me dijo que usted hoy me vendría a ver por problemas de salud. ¿Es por eso que está aquí, don Emilio?*

—*Sí, por eso lo vine a ver.*

A pesar de la mala calidad del sonido, la voz del hombre mayor se notaba conmovida. En la grabación volvió a oírse la voz de mujer.

—*Le diagnosticaron un cáncer de próstata muy avanzado* —dijo.

—*Un problema serio* —continuó el pastor—. *El Señor me dijo que a usted le diagnosticaron un cáncer de próstata avanzado, ¿puede ser?*

Maximiliano Velázquez apretó otra vez el botón y el aparato se quedó en silencio. Zacarías lo vio inclinarse y acercar tanto su cara a la de él que sus narices estuvieron a punto de tocarse.

—¿Qué hacías con esto?

—Nada —respondió Zacarías—. Quería confirmar que usabas la misma técnica que los sanadores de Estados Unidos en los años ochenta. Estaba casi seguro de que utilizabas un transmisor de radio, por eso traje el rastreador de frecuencias.

—¿Y después venderle grabación a un programa de televisión? ¿O extorsionarme para sacarme guita?

—No, te juro que no. Lo hice simplemente por curiosidad. No tenía intenciones de hacer plata con eso, ni de mostrárselo a nadie.

La carcajada del pastor retumbó en la sala enorme del teatro.

—Claro que no —dijo con tono condescendiente, y acarició la cabeza transpirada de Zacarías—. De todos modos, te das cuenta de que tus intenciones ya no importan, ¿no?

—Por favor, no me hagan nada. Era solo un experimento. Yo te juro que no le cuento a nadie. Te lo juro por lo que me pidas. Por favor.

El pastor le ofreció una sonrisa falsa y luego se metió la mano en el bolsillo interno del traje. Zacarías sintió su propio orín extendiéndose por la entrepierna.

—No tengas miedo, que no es para tanto.

Velázquez sacó del bolsillo una billetera de cuero marrón gastado, a reventar de papeles. Revolvió en ella hasta encontrar un DNI.

—No tenés por qué tener miedo, Zacarías Ponte. No te vamos a ir a buscar a la calle Estrada número 151 a menos que te portes mal. Ni tampoco le vamos a hacer nada a la chica preciosa de esta foto. Fabiana Suárez se llama ¿no? Eso no me lo pasaron por radio.

—Me olvido de todo. Se lo juro.

—Te creo —dijo el pastor y le tiró la billetera sobre la entrepierna mojada—. Sobre todo después de que Lito te convenza.

Zacarías recibió el primer golpe apenas el pastor le dio la espalda. Lo último que vio antes de volver a desmayarse fue que desde un rincón del teatro alguien lo filmaba con un teléfono.

# CAPÍTULO 51

Había oscurecido hacía más de una hora en Comodoro, pero las luces de los negocios de aquella esquina del centro eran tan potentes que la mujer que fumaba en la puerta del Molly Malone me reconoció antes de que cruzara la calle. Mientras caminaba hacia ella, la vi tirar el cigarrillo al suelo y apagarlo con la punta de sus botas de cuero.

—¿Ángela? —le pregunté después de cruzar la calle.

Asintió, y me presenté. Nos metimos al bar tras saludarnos con un beso.

Eché un vistazo a la parte de atrás del Molly, donde las paredes de ladrillo estaban decoradas con fotos de equipos de rugby y camisetas firmadas por jugadores famosos. Señalé una mesa libre en un rincón, frente a una ventana que daba a la calle Pellegrini.

Cuando nos sentamos, Ángela Goiri puso sobre la mesa su teléfono y la cajetilla de cigarrillos. Hacía ya casi tres años que estaba prohibido fumar en los lugares públicos de Comodoro.

—Costumbre —dijo, dándole un golpecito al paquete con el dedo.

Una chica sonriente de delantal negro vino a tomarnos el pedido. Ángela quiso un café negro. Yo, un té con limón.

—¿En qué te puedo ayudar? —me preguntó, sin preámbulos.

Miré por la ventana antes de hablar. Del otro lado del vidrio, la gente abrigada caminaba de un lado para el otro, apurados por hacer las últimas compras antes de que cerraran los negocios del centro.

—Como te comenté por teléfono, estoy escribiendo una historia sobre Javier. En particular me interesa lo último en lo que estaba trabajando antes de... bueno, antes de que le pasara lo que le pasó.

—Antes de que le pegaran un balazo en la cabeza. Podemos hablar sin eufemismos.

Asentí.

—¿Por qué querés escribir sobre él un año y medio después de su muerte?

—Justamente porque es ahora cuando la memoria de la gente empieza a flaquear.

—¿O sea que no tiene nada que ver con que hace unos días hayan matado al hijo de puta ese al que Javier estaba investigando justo antes de que lo asesinaran?

Su mano derecha se posó sobre el paquete de cigarrillos. Le dio un par de vueltas entre sus dedos y volvió a dejarlo sobre la mesa.

—Sí que tiene que ver —admití—. La muerte del Cacique es una oportunidad para refrescarle la memoria a la gente de lo que pasó con tu novio. Y no te voy a negar que en mi artículo voy a hablar de los últimos días de Javier. ¿Vos te acordás en qué estaba trabajando exactamente?

—Generalmente con Javi no hablábamos de trabajo. Intentábamos dejarlo fuera de la relación.

—Creo que en el mundo habría muchas más parejas felices si todos hicieran eso.

Ángela se quedó pensativa. Me pregunté cómo se habría visto aquella mujer dos años atrás, antes de que la vida la golpease tan duro. Antes de las ojeras, el pelo grasiento y la cara pálida arrugada por el tabaco. Antes de la misma dejadez que se había apoderado de mí cuando falleció Marina. En mi caso, había tardado seis meses en empezar a levantar cabeza. Ella parecía llevar un año y medio sin suerte.

—Sí —dijo al fin con una sonrisa—. Fuimos muy felices, aunque si hubiéramos hablado un poquito más de trabajo, nos habríamos ahorrado una de las últimas peleas que tuvimos.

Tomé un sorbo de té con limón. Estaba hirviendo.

—Fue poco antes de su muerte, mientras él investigaba al Cacique. Javier había salido de casa y yo abrí su computadora no me acuerdo para qué. Encontré una carpeta con fotos de una chica que no tendría más de dieciséis años. En casi todas salía en pose tipo loba, tirándole besos a la cámara y cerrando los brazos para acentuar el escote.

—Tenía el pelo blanco —arriesgué.

—¿Cómo sabés eso?— preguntó extrañada, dejando su café sobre la mesa.

—Yo también acabo de contactar con esa chica —dije—. Creo que estoy siguiendo los pasos de la investigación de Javier, sólo que un año y medio más tarde.

—Mientras no termines como terminó él.

En la cara de Ángela había ahora una sonrisa nostálgica. Salvo por su aspecto físico, parecía en paz consigo misma. Como si ya hubiera aceptado la partida de su compañero. En ese sentido era ella la que me llevaba años luz de ventaja a mí. Marina había muerto dos meses antes que Javier y yo todavía era incapaz de hablar de ella con la soltura con la que Ángela se refería a él.

—Cuando llegó a casa le hice un escándalo tremendo —agregó, llevándose la taza de café a la boca—. Decime quién es esta minita, hijo de puta, hoy acá no dormís. Lo normal, supongo. Entonces él se echó a reír y me explicó que esa chica era una pieza clave en la investigación que estaba preparando. Ese día sí que hablamos de trabajo. Más le valía tener una buena razón para tener esas fotos en su computadora.

Sonreí, recordando las fotos de perfil de Estefanía, todas hechas con mucho maquillaje y ropa ajustada.

—¿Te acordás de qué te contó sobre el caso?

—Me habló del Cacique de San Julián y de un pastor milagroso, de estos que viajan por todo el país curando enfermedades y ese tipo de cosas. Y me dijo que sospechaba que entre ellos dos traficaban con albinos.

Ángela dejó el café sobre el platito y miró hacia la calle.

—Yo creo que Javier necesitaba hablar con alguien de todo aquello —dijo, y su mano volvió a juguetear con el paquete de cigarrillos—. A partir de ese día, fue como si se hubiese liberado, y no hacía más que hablarme de ese caso. Cada día me comentaba las novedades. Para mí era como mirar una telenovela.

—¿Y te dijo cómo llegó a enterarse de qué tenían que ver la chica albina, el pastor y el Cacique?

—Un amigo policía le consiguió una denuncia de la madre de la chica en contra del pastor. Lo acusaba de haberse querido propasar con su hija. Javier estaba convencido de que había alguna relación entre Maximiliano Velázquez y las personas albinas.

—¿Y el Cacique?

—Esa conexión la hizo el día que lo asesinaron.

Nos quedamos un rato en silencio. Ella, con la mirada perdida en el remolino de café que creaba con la cucharita. Después de darle un trago, me miró con ojos que se parecían a los míos muchas mañanas, después de soñar con Marina.

—Durante ese último tiempo, Javi y yo hablábamos por teléfono todos los días a la hora de la comida. Yo salía a mi descanso para almorzar y lo llamaba. A veces estaba en la redacción del diario, a veces escribiendo en casa, y otras en la calle, haciendo una entrevista para el bendito artículo.

Ángela levantó su teléfono de la mesa.

—Ese mediodía no me atendió. Yo después tuve una serie de reuniones en el trabajo y no volví a mirar el celular hasta las cinco de la tarde. Tenía doce llamadas perdidas y este mensaje de voz.

La mujer apretó un botón en la pantalla del teléfono, y oí a Javier Gondar hablar con la misma voz agitada con la que había grabado el video de YouTube.

—*Hola Angie. ¿Dónde te metiste que no me contestás? Escuchame una cosa, esto es muy importante. Creo que cuando Velázquez venga a Comodoro la semana que viene, va a hacer una transacción por un albino con el Cacique de San Julián. Te quiero mucho, no te olvides.*

Al terminar el mensaje, Ángela seguía con la mirada fija en el aparato.

—Ésa fue la última vez que supe de Javier.

—¿Y nunca te enteraste de cómo hizo la conexión entre el Cacique y el pastor?

—No. Cuando llegué a casa encontré un DVD encima de la mesa y una nota en la que me decía que se iba al campo a confirmar un dato, y que si encontraba lo que esperaba encontrar tenía la historia completa del brujo y el pastor. Y que no me preocupara porque seguro que iba a estar todo bien, pero que si le llegaba a pasar algo subiera el video del DVD a YouTube.

Linda manera de decirle que no se preocupe, pensé.

—Y no supe nada más de él hasta la noche, cuando la policía vino a casa.

Ángela hundió el mentón en el pecho y se quedó mirando el borde de la mesa.

—Ángela —dije, poniendo mi mano sobre su antebrazo—, aunque te parezca imposible, entiendo cómo te sentís. Yo también perdí a alguien muy importante. Y de alguna manera es esa pérdida lo que me lleva a querer terminar lo que empezó Javier. Yo estaba ahí cuando murió Linquiñao.

La ex-novia de Gondar levantó la cabeza y me miró con incredulidad.

—Espero que haya sufrido mucho. ¿Fuiste vos el que lo...?

—No, yo sólo estaba ahí. Pero lo que vi me bastó para confirmar que Javier tenía razón. Linquiñao tenía secuestrado a un chico albino cuando lo encontramos.

—De eso no decía nada el diario.

—Es un secreto de la investigación de la policía. Por favor, que no salga de acá.

Ángela se pasó ambas manos por la cara.

—Javi tenía razón —se dijo a sí misma—. Ese hijo de puta traficaba con albinos.

—Sí —respondí—. ¿Vos le contaste a la policía que Javier sospechaba eso?

—Por supuesto. Al día siguiente de su muerte, el mismo policía que me dio la noticia volvió a tomarme declaración. Le dije todo lo que sabía.

Aquello me resultó extraño. La declaración de Ángela que yo había encontrado en la casa de Analía no mencionaba a Maximiliano Velázquez ni a Juan Linquiñao, ni hablaba de albinos desaparecidos.

—¿Y sabés quién era el policía con el que hablaste?

—Se llamaba Norberto Noriega. Era el amigo de Javi que le consiguió la denuncia contra el pastor por acoso. Bueno, no sé si amigo es la palabra. Jugaban juntos al paddle de vez en cuando.

Supuse que Noriega sería uno de los agentes a cargo de la investigación por parte de la policía de Santa Cruz. Memoricé el apellido para confirmarlo con Fernando.

—¿Y le entregaste a él los papeles de la investigación de Javier sobre Linquiñao y Velázquez? Fotocopias y ese tipo de cosas.

Ángela asintió.

—Sí. Aunque eran pocos, porque la mayoría de la información estaba en la computadora que le robaron la noche que lo asesinaron.

—¿Y te acordás qué decían?

—Más que nada eran papeles escritos a mano. Fechas y nombres garabateados y líneas que unían unos con otros. Creo que sólo Javier era capaz de entenderlos.

—¿No hiciste una copia antes de dárselos a Noriega?

—Tenía cosas más importantes de las que ocuparme en ese momento. Ir a reconocerlo en la morgue, por ejemplo. O llamar por teléfono a su madre.

—Perdón —dije—. No te lo debería haber preguntado así.

—Con el tiempo sí que le pedí una copia a Noriega —prosiguió, restándole importancia a mi comentario con un movimiento de su mano—, pero la evidencia había empezado a viajar de juzgado en juzgado y él ya no tenía forma de acceder a ella.

—¿Y no habría nada en el email de Javier? Yo a veces me envío archivos a mí mismo como copias de seguridad.

—No sé. Nunca supe la contraseña.

—Si sos familiar directo podés pedirla. Tenés que presentar varios papeles, pero se puede —dije, y me pareció extraño que la policía no le hubiera hecho solicitarla durante la investigación.

—No lo sabía —respondió, sorprendida—. No estábamos casados, pero puedo decirle a la madre que la pida. Si encuentro algo relevante entre sus correos, ¿querés que te lo reenvíe?

—Sería buenísimo —dije, aunque dudaba que fuera a conseguir nada antes de que el pastor se presentara en Comodoro Rivadavia.

Sólo faltaban siete días.

# CAPÍTULO 52

Cuando me despertó el teléfono, el sol ya entraba de costado por la ventana de mi habitación.

—Hola.

—¿Durmiendo?

—¿Quién habla?

—Uh, recontra durmiendo. Bueno, arriba que ya son las nueve de la mañana. Tengo noticias para vos.

Era Fernando.

—¿Buenas o malas? —pregunté, pasándome una mano por la cara.

—No sé. Eso me lo vas a tener que decir vos después de que mires el correo que te acabo de mandar. Te tengo que dejar que me llaman por radio y estoy de servicio.

Al cortar el teléfono, se esfumó de repente el cansancio de haberme acostado a las cuatro de la mañana. Después de hablar con Ángela, me había pasado horas intentando entender unas páginas en inglés donde prometían enseñarte a *hackear* una cuenta de correo electrónico. Por más que lo intenté, no fui capaz de adivinar ninguna de las contraseñas de Javier Gondar.

Salté de la cama y abrí la computadora. Efectivamente, tenía un email de Fernando Orlandi cuyo asunto era *IMAGEN*, todo en mayúscula. El cuerpo del mensaje era únicamente un enlace a un archivo de casi dos gigabytes.

Mientras se descargaba, tuve tiempo para darme una ducha, preparar unos mates y comprar unos bizcochitos de grasa en el kiosco de Ángel. Desayuné mirando de reojo la pantalla. Cuando la barrita naranja llegó al cien por ciento, me abalancé sobre la computadora.

Efectivamente, la imagen contenía todos los datos guardados en el teléfono del Cacique. El pibe de los DVD había hecho un buen trabajo.

Lo primero que miré fueron los mensajes de texto. Había cientos, sobre todo de clientes. Algunos le agradecían por sus trabajos, y muchos otros le preguntaban por qué no habían funcionado. A los primeros, les contestaba que no había nada que agradecer, y que estaría encantado de volver a ayudar en cualquier ocasión tanto a ellos como a sus seres queridos. A los segundos, les decía que cuando un trabajo fallaba era casi siempre por falta de fe.

Después de una ojeada rápida a los mensajes, me concentré en los contactos. Cientos y cientos, que revisé uno a uno buscando un nombre que pudiera relacionar con el pastor Maximiliano.

Nada.

Finalmente, miré el historial de llamadas. El Cacique hablaba mucho con su madre y a una tal Fernanda que, según había visto en los mensajes, era su hija. También había llamado a varios clientes y a dos números que no estaban agendados.

Una búsqueda en Internet me reveló que uno de ellos pertenecía al Banco Patagonia. El otro era un celular con prefijo de Buenos Aires. Llamé a ese número con mi teléfono, pero una operadora me dijo que estaba apagado o fuera del área de cobertura. Intentaría de nuevo más tarde.

Examiné el resto de los datos en la imagen. Era impresionante todo lo que se podía aprender sobre una persona mirándole el teléfono. En el del Cacique convivían mensajes de familiares, fotos de clientes, podcasts de marketing y un montón de porno.

Documentos en sí, había pocos. Una hoja de cálculos con los turnos para su consultorio y, junto a cada sesión, un puñado de comentarios. Busqué la del viernes a las seis de la tarde de hacía dos semanas. Al lado de nuestros nombres falsos, Linquiñao había escrito: "Un genio. El tipo se come a la cuñada y lo hace pasar por un trabajo de magia negra".

Cerré la hoja de cálculos e hice doble clic en un archivo llamado "llavemaestra.txt". Leer las cuatro líneas que contenía fue como ganarme la lotería.

> Gmail: "SanJulian1961"
> Facebook: "Comodoro1982Rivadavia"
> Mercado Libre: "SanJulian1982"
> Banco Patagonia: "Comodoro1961Rivadavia!"

Con una sonrisa en la cara, dije en voz alta una frase que año a año repetía en el aula cuando enseñaba seguridad digital.

—Una cadena es tan fuerte como el más débil de sus eslabones.

Después de soltarles aquella frase, generalmente les daba un pequeño sermón explicándoles que no servía de nada elegir contraseñas complicadas si las iban a tener escritas en un papelito pegado al monitor. Aquel pequeño archivo de texto era el papelito, y para colmo se llamaba *llavemaestra.*

Me metí al correo del Cacique. Tenía cincuenta y dos mensajes no leídos, todos irrelevantes. En su mayoría, consultas sobre el precio de sus servicios y preguntas sobre magia negra.

Ejecuté una búsqueda entre los correos viejos. Albino, cero resultados. Albina, tampoco. Tanzania, nada. ¿Qué más?, me pregunté. Algo tenía que haber, seguro. Casi siempre hay suficiente información en el correo de una persona como para extorsionarla de por vida.

Entonces recordé las palabras del Cacique antes de morir. *Calaca va a estar furioso.*

Calaca, siete resultados.

# CAPÍTULO 53

Los siete mensajes que contenían la palabra "Calaca" eran idénticos, y los enviaba un tal *F2F-Anywhere*. Estaban escritos en texto plano, sin formato. El asunto era "Tienes un mensaje nuevo de Calaca". Leí lo mismo por séptima vez al abrir el último.

> Hola ChoiqueMagico,
> Te informamos que Calaca te ha dejado un mensaje.
> Saludos.
> F2F-Anywhere - o3e45rfm.ad

El mensaje venía de asdf@asdf.com. Una dirección falsa, sin duda, generada usando las primeras cuatro letras de la fila del medio del teclado. Una especie de *Lorem Ipsum* de los programadores. Por otra parte, la dirección IP de la que había sido enviado correspondía a Somalia. Un proxy, seguramente. Quien había enviado aquel mensaje sabía cómo evitar ser rastreado.

Busqué en Google quién era ese tal *F2F-Anywhere* que anunciaba los mensajes de Calaca. Sólo obtuve dos resultados. El primero era un foro de hackers en español, donde un tal Tremebundo preguntaba si alguien sabía qué era *F2F-Anywhere*. El segundo era exactamente el mismo mensaje traducido al inglés y publicado en uno de los foros de seguridad informática más grandes del mundo. Nadie había respondido a ninguno de los dos.

Volví al correo electrónico de Linquiñao. Al final del mensaje, junto a la firma, había una secuencia de caracteres extraña. Me hubiera parecido aleatoria de no ser porque uno de mis mejores amigos había pasado una temporada enseñando esquí en Andorra y de vez en cuando me enviaba alguna noticia de allí. Las webs de ese pequeño país terminaban en .ad.

Copié la cadena de caracteres en el navegador, y apareció frente a mí una pantalla blanca pidiéndome autenticación. Supuse que el nombre de usuario de Linquiñao sería ChoiqueMagico, a quien iban dirigidos los siete correos electrónicos. En cuanto a la contraseña, no tuve suerte con ninguna del archivo "llavemaestra.txt".

Observé el contenido del archivo durante un rato. El Cacique siempre usaba el mismo patrón para construir las contraseñas. Su lugar de nacimiento o el de residencia, y luego un año. Entonces reparé en que la contraseña del banco tenía un signo de admiración al final porque los sitios webs más seguros requerían contraseñas que incluyeran caracteres no alfanuméricos. Supuse que *F2F-Anywhere* exigiría lo mismo a sus usuarios.

Agregué un signo de admiración al final de la primera contraseña y en la pantalla apareció un cartel de letras negras.

*Bienvenido a F2F-Anywhere. Recuerda que esta red "friend to friend" existe con el simple propósito de facilitar un canal de comunicación encriptado y fuera del alcance de los motores de búsqueda de la WWW. Te recordamos las únicas dos reglas:*

*1) No hay censura. Cualquier tipo de mensaje será publicado tal y como lo envíe el usuario.*

*2) El usuario es el único responsable de los contenidos publicados.*

Debajo de este mensaje, había un botón con la palabra "Ingresar". Hice clic.

Aunque jamás había sentido hablar de *F2F-Anywhere*, conocía las redes *friend to friend*. Estaban compuestas por un grupo de *amigos* que confiaban entre sí y se comunicaban únicamente con conexiones encriptadas punto a punto. La tecnología en sí no era ilegal, pero su naturaleza segura y fuera del alcance de los motores de búsqueda hacía que el contenido muchas veces lo fuera.

La pantalla a la que pasé era una mezcla entre foro y cliente de correo electrónico. En la parte de arriba se mostraban mensajes públicos, que podían leer todos los usuarios. En la de abajo estaban los privados de ChoiqueMagico. O sea, el Cacique de San Julián.

Tenía tres sin leer, todos de Calaca. El primero era de hacía ocho días.

*Llegamos a Comodoro Rivadavia dentro de dos semanas. El jueves. Dígame dónde nos encontramos para arreglar lo del albino. Llevo los 6.000 dólares en efectivo. Calaca.*

El segundo mensaje había sido enviado cinco días más tarde.

*No he recibido respuesta a mi mensaje anterior. La semana que viene estamos en Comodoro y el transporte está arreglado. En fin, todo listo. Dígame donde nos encontramos.*

El tercero llevaba menos de tres horas en la bandeja de entrada.

*¿Dónde se metió? ¿Sigue en pie lo del jueves?*

El tal Calaca prácticamente se acababa de conectar para mandarle ese mensaje al Cacique. Aquello significaba que aún no se había enterado de que el brujo había muerto de dos balazos hacía diez días, y todavía creía que se encontraría con él este jueves.

Ese era el día anterior a la presentación de Maximiliano Velázquez en Comodoro.

# CAPÍTULO 54

Leyendo los mensajes viejos del Cacique, descubrí que el brujo utilizaba el portal *F2F-Anywhere* exclusivamente para comunicarse con Calaca. El contacto lo había iniciado Linquiñao el 2 de noviembre de 2012, hacía diecinueve meses.

> *Estimado Calaca,*
> *Un colega me comentó sobre su pedido. Yo puedo conseguirle un varón, cuarenta y dos años, completamente albino. Menos de 6.000 dólares no puedo aceptar.*
> *Quedo a su disposición.*
> *ChoiqueMagico*

La respuesta había tardado apenas una hora en llegar.

> *Hola ChoiqueMagico*
> *Llegamos a Comodoro en algo menos de un mes. Sería ideal encontrarnos el martes 27 de noviembre y me lo muestra. ¿Usted tiene un lugar donde podamos juntarnos?*
> *Calaca*

El Cacique le había respondido dos días más tarde, el 4 de noviembre de 2012.

> *Sí, yo le aviso dónde nos encontramos cuando se acerque la fecha y tenga al hombre.*

Y tres semanas más tarde, lo había vuelto a contactar.

*Ya tenemos todo listo. Usted llega en tres días, si no me equivoco. Nos encontramos al pie del Pico Salamanca, a unos treinta kilómetros de Comodoro. Va adjunto un mapa con el lugar exacto.*

Abrí el archivo y reconocí el camino de ripio que bordeaba la costa al norte de Caleta Córdova. Una de las pocas curvas de aquel tramo estaba marcada con un círculo rojo. Si la memoria no me fallaba, era el lugar donde estacionaba la poca gente que decidía hacer el ascenso al pico. Un sitio remoto pero a su vez fácil de encontrar en un mapa. Ideal para un chanchullo como aquél.

Calaca había aceptado el lugar de encuentro con un mensaje breve. Y un día antes de la fecha acordada, el Cacique le había vuelto a escribir.

*Calaca,*
*Sucedió algo de fuerza mayor. Tengo al hombre, pero también a un periodista respirándome en la nuca. No sé cómo, pero sospecho que se enteró de nuestra transacción. O le falta poco. Vamos a tener que cambiar los planes.*

*Anoche logré perderle la pista. Fui adonde tengo al tipo y le dejé víveres como para una semana. Le adjunto un mapa para encontrar el lugar. Es una pequeña torre de piedra que se utilizaba para abastecer de agua al tren. Está totalmente abandonada y en medio del campo. El hombre está encadenado y no puede salir. Las llaves del candado están debajo de una rueda de tren, junto a la puerta de la torre.*

*Con suerte, a ese periodista no le queda mucho tiempo. Hoy le hice el trabajo de magia negra más potente que he practicado en mi vida. No me extra-*

*ñaría que cayera muerto esta semana. Salgo esta noche para Buenos Aires, porque me conviene estar lo más lejos posible cuando eso pase.*

*En cuanto al pago, ya arreglaremos. Ayer hablé con la persona que me puso en contacto con usted y me garantizó que su palabra es más válida que un contrato firmado. Espero que así sea.*

*Saludos*

*ChoiqueMagico*

Aquel mensaje me tomó por sorpresa. El Cacique realmente le había hecho un trabajo de magia negra a Gondar y, a juzgar por sus palabras, se lo tomaba en serio. Yo estaba convencido de que el brujo no era más que un estafador, sobre todo después de que se comprobó que las pociones que les daba a sus pacientes eran agua con colorante. Entonces recordé una conversación que había tenido con Gaby el día que le conté por primera vez la idea de *Cazador de Farsantes*.

—El objetivo de la página sería publicar cámaras ocultas exclusivamente de gente que yo pueda comprobar que miente —le había dicho—. Si el tipo se lo cree de verdad, entonces lo dejo en paz. No me interesa demostrar que la brujería no existe, sino que hay mucho charlatán suelto.

Gaby, me había escuchado con una sonrisa de media boca.

—¿Y qué vas a hacer con los que se lo creen a medias? Los que "decoran" sus sesiones con palabras exóticas u objetos extraños para lograr un mayor impacto en los clientes. Utileros, los llamo yo.

En aquel momento, mi cerebro de programador acostumbrado a valores binarios se había negado a contemplar aquella posibilidad. Para mí había sólo dos categorías: los que se lo creían y los que mentían a la gente por dinero. A los utileros, los metía en este último grupo.

Gaby se había encogido de hombros y me había dicho que quizás tenía razón, pero que en ese caso un médico que le administraba un placebo a un paciente caía en la misma categoría. Claro que no, había protestado yo, pero nunca llegamos a un acuerdo.

Continué leyendo los mensajes. Tres días más tarde, Calaca le respondía al Cacique.

> *Tengo al hombre. Todo correcto. Ya no estamos en Comodoro. Si usted sigue por Buenos Aires, avíseme y nos juntamos para arreglar el pago.*
>
> *PD: Creo que su magia negra funcionó. Ya no tiene que preocuparse por el periodista :)*

En el silencio de mi casa, podía escuchar mi corazón golpeándome el pecho. En ese último mensaje probablemente estaba la explicación de qué había pasado realmente con Javier Gondar. Por una parte, el Cacique le había hecho realmente un trabajo de magia negra y, convencido de que funcionaría, se había ido a Buenos Aires. Calaca, por otro lado, sí que estaba en Comodoro cuando murió Gondar. Supuse que le habría parecido peligroso dejar abierta la posibilidad de que el periodista terminara llegando hasta él. Quizás Javier Gondar se había equivocado, pensé, y el Cacique no había sido su asesino.

Seguían unos mensajes cortos, poniéndose de acuerdo para encontrarse en un bar de Buenos Aires. Luego ya no había habido más contacto, al menos a través de *F2F-Anywhere*, entre Calaca y ChoiqueMagico durante un año y medio. La comunicación se reanudaba un mes atrás.

> *Hola ChoiqueMagico. Vuelvo a Comodoro dentro de unas semanas. Necesito otro. Pago lo mismo.*

El Cacique le había contestado con rapidez, indicándole que él se encargaría de conseguirle un albino.

Dos semanas más tarde, le explicaba que ya tenía uno y que cuando Calaca estuviera en Comodoro le avisaría dónde encontrarse. Lo siguiente eran los mensajes que el Cacique no había llegado a ver.

Hice clic sobre el botón "Responder" debajo del mensaje que había enviado Calaca hacía tres horas.

> *Calaca,*
> *Tuve un pequeño problema personal. Hace una semana me atropelló un coche y acabo de salir del hospital, por eso es que no le pude contestar antes.*
> *Por supuesto que sigue en pie lo del jueves. Me gustaría que nos juntáramos a las 7:00 a.m. en el lugar que señalo en el enlace debajo de este texto.*
> *Espero confirmación.*
> *ChoiqueMagico*

Bajo la firma, incluí un mapa a un lugar en el medio del campo que yo conocía muy bien. Me quedé un buen rato con la mirada fija en el botón "Enviar" antes de apretarlo.

# CAPÍTULO 55

—Cuidámelo, pibe —dijo el pastor tirándole las llaves del Audi al botones que lo salió a recibir. Luego abrió el baúl y sacó una pequeña valija con ruedas.

Arrastrándola, Maximiliano Velázquez atravesó el lobby palpándose los bolsillos del traje hasta encontrar su billetera. Se detuvo frente a dos recepcionistas de pestañas largas y pelo atado a lo bailarina de tango.

—Buenos días, ¿en qué podemos ayudarlo? —dijo una, sonriendo.

El pastor puso su DNI sobre el mostrador y lo empujó hacia ella.

—Suite presidencial. Cuatro días —dijo.

Sus palabras hoscas desdibujaron la sonrisa de la recepcionista. Después de intercambiar una mirada rápida con su compañera, agarró el DNI.

—¿Tiene reserva, señor Velázquez? —preguntó, mirando la pantalla frente a ella.

—Por supuesto.

—Perfecto, entonces —le respondió la chica con una sonrisa cortante—. Ya le doy las llaves. Bienvenido a Comodoro Rivadavia.

# CAPÍTULO 56

De brazos cruzados Fernando parecía aún más musculoso. Recorrió una vez más con la mirada los papeles desparramados sobre la pequeña mesa, deteniéndose de vez en cuando para releer alguno.

Nos habíamos encontrado hacía media hora en el café del Hotel Austral y acababa de mostrarle todo lo que había descubierto gracias a la imagen del teléfono del Cacique. A excepción del tintineo de tazas y el zumbido de la moledora de café que nos llegaban desde lejos, nuestra mesa estaba tan en silencio como una partida de ajedrez.

—Pero entonces desapareció un hombre albino en Comodoro hace más de un año y medio... —dijo al fin, señalando el mensaje en el que Calaca avisaba al Cacique que ya tenía al muchacho.

—¿Vos conocés a un tal Norberto Noriega?

Por la forma en la que Fernando arqueó las cejas, la pregunta lo tomaba por sorpresa.

—Sí. Es unos de los policías de Santa Cruz a cargo de la investigación del asesinato de Gondar. Bueno, expolicía en realidad. Lo echaron hace como medio año.

—¿Lo echaron?

—Sí. Corrupción. Le comprobaron que aceptó guita para destruir evidencia del caso del robo al Banco Sur.

—Ayer estuve con Ángela Goiri. Me dijo que no sólo le habló a Noriega de que su novio creía que Maximiliano Velázquez le iba a comprar un albino al Cacique en Comodoro, sino que además le entregó unos papeles con notas sobre el caso escritas de puño y letra de Gondar.

Fernando parecía genuinamente sorprendido.

—En la declaración de ella que yo leí no había nada de eso —dijo—. De hecho, no aportaba nada. Decía que casi nunca hablaba de trabajo con su pareja, y que no había notado nada raro antes de encontrar el DVD con la nota pidiéndole que publicara el video en Internet.

—¿Vos tenés forma de contactar con Noriega?

—No —dijo Fernando—. Se mató antes del juicio por lo del banco, cuando se vio venir que terminaba preso sí o sí. A los policías no nos tienen mucho cariño ahí adentro.

—¿Y vos creés que ese tipo pudo haber sido capaz de alterar la declaración de Ángela Goiri?

—Después de lo que se destapó, no me extrañaría. ¿Pero, por qué iba a hacer algo así?

—Para cubrirse las espaldas. La mujer me dijo que él y su marido eran conocidos. ¿Vos sabías que Noriega le consiguió a Gondar una copia de la denuncia que la madre de Estefanía Palacio hizo contra el pastor en La Rioja?

—No. No tenía ni idea.

—Quién sabe qué otros documentos le habrá vendido. Capaz que Noriega tenía miedo a que Analía y vos lo descubrieran.

—¿Entonces Gondar sabía lo de los albinos? —preguntó.

—Lo sospechaba, al menos.

—Pero no hubo ninguna denuncia sobre la desaparición de este hombre —dijo Fernando—. Y eso no puede haber sido la mano de Noriega, porque él era de la policía de Santa Cruz. Las investigaciones de personas desaparecidas en Comodoro las coordino yo directamente.

—Quizás el albino no era de acá —especulé—. A lo mejor el Cacique lo secuestró en algún pueblo vecino. Sarmiento, Deseado, Caleta.

Fernando frunció los labios.

—Puedo preguntar, pero incluso si era de otro lado, nos habríamos enterado. Comodoro es la ciudad más grande de la región y cuando pasa algo así nos suelen avisar para que estemos atentos. Y aunque hubiera sido en Santa Cruz, ningún policía, por más corrupto que sea, puede ocultar una denuncia así. Los familiares de la persona perdida casi siempre terminan saliendo en los medios.

—¿Y entonces de dónde sacó el Cacique a ese hombre?

—No sé.

—Esto hay que denunciarlo —dije, señalando las copias de los mensajes entre el Cacique y Calaca.

Fernando apoyó los codos en la mesa y se inclinó hacia mí antes de hablar.

—Ricardo, por mí vamos a la comisaría ahora. Hasta te tomo declaración yo mismo si querés. Pero, conociendo al comisario, eso no va a ir a ningún lado. No quiere saber nada que venga de Analía.

—Pero esto viene de mí. Lo descubrí yo.

—A esta altura, para Altuna es lo mismo. Odiaba a Analía y después del otro día a vos también te tiene entre ceja y ceja.

—¿Y si le presentás vos estos mensajes? Podés decirle que los encontraste en el teléfono del Cacique.

—No es boludo. Sabe que soy casi un analfabeto tecnológico y que pido un forense informático de la Federal hasta para desarmar una radio a pilas.

—Pero de alguna forma tenemos que hacerle llegar la información.

—Ricardo —me interrumpió—, vos ya hablaste con el comisario, y el tipo no quiso saber nada.

—Porque no teníamos pruebas concretas. Pero esto cambia todo —dije, señalando los papeles sobre la mesa—. Estos mensajes incriminan al Cacique y al pastor en el secuestro de albinos.

Fernando alzó las palmas en señal tranquilizadora. Luego enumeró sus frases agarrándose con una mano los dedos de la otra.

—A ver. En primer lugar, el Cacique ya está relacionado con el secuestro de albinos, así que eso no cuenta. Además, está muerto. En segundo lugar, estos mensajes no incriminan al pastor para nada. El que los firma es un tal Calaca. La relación con el pastor viene de conjeturas tuyas.

—No son conjeturas. Es un análisis con rigor estadístico. No puede ser casualidad que haya tantos albinos desaparecidos en el mismo momento y lugar en los que el pastor hizo sus presentaciones. Y además está el email al servicio de denuncias anónimas de la policía.

—Yo sólo intento decirte que, desde el punto de vista de la evidencia, no cambió nada entre la última vez que fuiste a ver al comisario y ahora. En Comodoro, el único albino desaparecido de carne y hueso es Lucio, y el culpable está muerto. Altuna no va a mover un dedo aunque le lleves estos mensajes. Si no hay una denuncia sobre el tipo que se perdió hace casi dos años, no te va a creer.

—¿Y vos?

—¿Yo qué?

—¿Vos me creés todo esto que te estoy contando?

—Claro que te creo, igual que le creía a Analía. Si no, ¿te pensás que hubiera puesto en peligro mi trabajo dándote todos los datos del teléfono?

—Entonces hagamos algo, Fernando. Sea o no el pastor, hay un hijo de puta suelto que está haciendo desaparecer a gente inocente. Y si no fuera por él, Analía no habría muerto.

Cuando dije eso, percibí una expresión de tristeza en su mirada. Duró sólo un instante, pero parecía dolor genuino. Me pregunté si con la muerte de Analía, Fernando había perdido algo más que una compañera de trabajo.

—Yo tengo un plan —dije al fin—. ¿Me vas a ayudar?

—Como civil, todo lo que quieras. Como policía, no puedo.

—Un policía es policía las veinticuatro horas del día.

—A ver ese plan —dijo Fernando, resignado.

# CAPÍTULO 57

Nunca supe cómo había llegado ese vagón de pasajeros al medio del campo. No había vías ni almacenes a su alrededor. Apenas un camino de tierra en medio de la meseta gris y, al costado, aquella caja enorme de hierro oxidado, madera reseca y vidrios rotos.

Calculé que hacía veinte años que no iba a ese lugar. A medida que nos acercábamos en mi coche, me venían a la mente los veranos de mi infancia, cuando yo todavía vivía en Puerto Deseado. Cada vez que íbamos a visitar a los parientes de Comodoro, mi tío Eduardo nos llevaba a todos los primos a acampar una noche al reparo del vagón abandonado.

—Estacionate justo ahí —me indicó Fernando, señalando una de las ruedas oxidadas, enterrada hasta el eje en la tierra seca.

Al bajarnos, una ráfaga helada me golpeó la cara. Tres grados bajo cero, según la radio.

—Espero que no se me vuele esto —dije, tocándome la peluca negra que llevaba debajo de una boina, al estilo Che Guevara.

Fernando ignoró mi comentario. Sacó la nueve milímetros de la cintura y revisó el cargador. Antes de hablar, giró de a poco sobre sí mismo, observando los trescientos sesenta grados de horizonte plano. No había nada ni nadie en kilómetros a la redonda. Lo único que se movía era una chapa del techo del vagón que rechinaba con el viento, a punto de desprenderse.

—Repasemos el plan una vez más —dijo mientras abría el baúl del coche y me tiraba uno de los chalecos antibalas.

—¿Otra vez?

El plan era sencillo, pero Fernando llevaba tres días tomándome examen. Incluso habíamos ido dos veces al vagón para asegurarnos de que era el lugar adecuado para lo que íbamos a hacer.

—Sí, otra vez.

—Vos te escondés adentro del vagón y yo me quedo en el auto —dije—. Cuando venga el pastor, le digo que soy el sobrino del Cacique.

—¿Le mandaste el mensaje esta mañana?

—Por supuesto —respondí, mientras me ponía una campera de plumas sobre el chaleco antibalas.

Una hora atrás, a las cinco y media de la mañana, lo primero que había hecho después de apagar el despertador —con los ojos abiertos, porque no había podido dormir en toda la noche— fue enviarle un mensaje a Calaca a través de *F2F-Anywhere* desde la cuenta del Cacique. Le decía que había tenido que volver de urgencia al hospital por una complicación grave, pero que enviaría en mi lugar a mi sobrino, que era de total confianza.

—¿Y qué más le vas a decir? —preguntó Fernando.

Me metí la mano al bolsillo y saqué un papel doblado en cuatro y un llavero de metal enorme con una única llave dorada.

—Que mi tío me dijo que le entregara esto.

—¿Y si te pregunta sobre el albino?

—Le digo que no sé nada, y que mi tío me dijo que por cualquier cosa lo contacte a él.

—Perfecto. ¿Y si la situación se complica?

—Dejo caer el llavero al suelo y vos salís apuntándolo con la pistola.

—Bien, pero sólo como último recurso. Si le pego un tiro a alguien acá, sin estar de servicio, como mínimo pierdo el puesto de trabajo. Y probablemente voy preso.

—No va a hacer falta —dije, guiñándole un ojo y poniéndome los anteojos con cámara oculta incorporada.

La idea era simple: filmar al pastor intentando comprar un albino. Entre los mensajes en *F2F-Anywhere* y la relación entre las giras y las desapariciones que yo había descubierto, teníamos todo listo para involucrar a Maximiliano Velázquez. Sólo nos faltaba evidencia de que él y Calaca eran la misma persona. Mi único trabajo era filmarle la cara por unos segundos en ese momento y en ese lugar.

—¿Estás seguro de que querés hacer esto? —preguntó Fernando—. Mirá que si sale mal...

—Y si sale bien le salvamos la vida a mucha gente a la que estos hijos de puta quieren vender en pedacitos.

Fernando me dio una palmada en el hombro, se calzó su chaleco antibalas y se metió dentro del vagón.

Yo me subí al Corsa, pero fui incapaz de durar diez minutos quieto. Además, el kevlar del chaleco me resultaba más incómodo estando sentado. Salí y caminé de un lado al otro, mirando de vez en cuando el vagón abandonado. Era imposible descubrir a Fernando.

Pasaron veinte minutos larguísimos hasta que vi una diminuta nube de polvo en el horizonte. Respiré hondo y me apoyé en el capó del Corsa intentando una postura relajada.

—Vos tranquilo —oí que gritaba Fernando desde el vagón.

A medida que la nube de polvo se acercaba, el punto brillante que la causaba se fue transformando en una Toyota Hilux gris de vidrios oscuros. Venía por el medio de la ruta a toda velocidad.

Se detuvo a unos veinte metros de mi coche, y yo levanté la mano para saludar. No hubo respuesta. La Hilux permaneció allí, detenida y con el motor encendido. Los vidrios polarizados me impedían ver quién iba dentro, o cuántos.

Hice el amago de empezar a caminar hacia ellos, pero Fernando me chistó desde dentro del vagón. Había sido bien claro en ese sentido: no me podía alejar de él.

Volví a levantar la mano e hice señas a la camioneta para que se acercara hacia mí. Hubo unos segundos de silencio y luego la ventanilla del conductor bajó apenas diez centímetros. Tiene un arma, pensé, y di unas zancadas para refugiarme detrás de mi coche.

Sin embargo, lo que asomó no fue una pistola sino una mano enfundada en un guante, que lentamente desplegó el dedo mayor. *Fuck you*, decía.

La ventanilla volvió a subir y el motor de la Hilux dio un rugido. Las ruedas escarbaron en el ripio mientras el vehículo daba una vuelta tan brusca que algunas de las piedras que levantó llegaron casi hasta mi coche. Lo vi alejarse a toda prisa.

—Metete al auto. Rápido, metete al auto —gritó Fernando, que había salido del vagón y corría hacia mí.

# CAPÍTULO 58

Cuando Fernando llegó al Corsa, yo ya lo había puesto en marcha.

—Pasate al lado del acompañante, que yo manejo —me dijo, abriendo la puerta del conductor—. Dale, que se nos escapan.

Todavía no había terminado de cruzarme al otro asiento cuando las piedras que levantaban los neumáticos golpearon la chapa bajo nuestros pies.

—Se olió algo. Por eso dio la vuelta —dijo Fernando con la mirada puesta en la Hilux, que nos llevaba medio kilómetro.

—A lo mejor te vio escondido en el vagón.

—No creo. Pero hubo algo que no le dio buena espina.

Sin quitarle los ojos de encima, Fernando sacó del bolsillo su teléfono y marcó tres números.

—Soy el inspector Fernando Orlandi en persecución de vehículo con sospechoso de trata de personas. Necesito todas las unidades atentas a una Toyota Hilux de color gris oscuro y vidrios polarizados, matrícula FTA812. Foxtrot. Tango. Alfa. Ocho. Uno. Dos. La ubicación actual es un camino de ripio veinte kilómetros al sur de Rada Tilly. Se dirige hacia la intersección con la Ruta Tres. Posiblemente irá en dirección norte, hacia Comodoro. Desconozco el número de personas dentro del vehículo.

El policía tiró el teléfono entre mis piernas y apretó el acelerador.

Como había predicho, al llegar al asfalto la Hilux giró hacia la izquierda. Una movida lógica. De haber ido hacia el sur, la detendrían en el control policial de la frontera entre las dos provincias. Yendo hacia el norte, en cambio, tenía más posibilidades de perdernos al llegar a la ciudad.

—Llamá al número que marqué recién y poneme el manos libres —me indicó Fernando.

—Orlandi de nuevo. Confirmado, la Toyota Hilux se dirige por Ruta Tres, dirección Rada Tilly. Voy aproximadamente un kilómetro por detrás en un vehículo particular. Un Chevrolet Corsa de color negro. Envíen un móvil urgente a la entrada de Rada Tilly.

El lugar que había mencionado Fernando era la última oportunidad de cerrarle el paso a la Hilux antes de que la ruta le empezara a ofrecer escapatorias. Una vez alcanzado Rada Tilly, se podía meter al balneario o seguir para Comodoro por dos caminos diferentes. Y en cada uno, se le abrirían calles por las que desviarse y perdernos.

Permanecimos en silencio durante varios kilómetros, con los ojos fijos en la camioneta. De vez en cuando yo miraba de reojo el velocímetro. La aguja no bajaba de ciento setenta kilómetros por hora.

Al doblar la última curva antes del acceso a Rada Tilly, Fernando señaló hacia adelante.

—Cagó —dijo con una sonrisa en los labios.

Al final de la larga recta, dos patrulleros con las luces azules encendidas cortaban el tráfico, atravesados en la ruta. Dos policías recostados sobre el capó de los vehículos empuñaban sus armas con ambas manos. Entre ellos, un tercer agente revoleaba los brazos en el aire, haciendo señas a Calaca para que se detuviera.

Las luces de freno de la Hilux se encendieron por un instante, pero volvieron a apagarse, y la camioneta aceleró hacia los patrulleros. Cuando estuvo a menos de cien metros, viró un poco hacia la derecha y la vimos pasar por la cuneta, a menos de un palmo del paragolpes de unos de los coches de la policía. Los oficiales que empuñaban las armas continuaron apuntándole mientras se alejaba, pero no dispararon una sola bala.

—Cagones —masculló Fernando, esquivando a sus compañeros de la misma manera que lo había hecho la Hilux.

Pasando Rada Tilly, el tráfico de la mañana ya se empezaba a poner denso, y las posibilidades de causar un accidente aumentaban con cada kilómetro. Zigzagueando entre coches y camionetas, la Hilux por momentos desaparecía de nuestra vista.

—Ahí —dije después de haberla perdido durante unos segundos.

Calaca iba delante de un ómnibus de larga distancia, y se aproximaba al semáforo de la esquina del Liceo Militar. Al ver que la luz cambiaba de rojo a verde, giró bruscamente a la izquierda para meterse por la calle Estados Unidos. El tráfico que venía en sentido contrario nos bloqueó el paso por completo. Con un concierto de bocinas a nuestras espaldas, lo vimos alejarse a toda velocidad por la calle ancha.

—Mierda —fue todo lo que dijo Fernando, tirándose hacia el otro lado de la ruta y buscando con la mirada un lugar para estacionar.

# CAPÍTULO 59

Fernando se terminó el tercer café de un trago y volvió a mirar la pantalla de su teléfono. Llevábamos más de una hora sentados en su oficina de la comisaría. Después de perder a la Hilux en el semáforo, dimos vueltas por todas las calles del barrio Roca antes de darnos por vencidos.

El teléfono se iluminó, y el policía atendió antes de que el aparato emitiera algún sonido.

—Hola. Sí. ¿Dónde? ¿Y cómo no me avisaron antes? Me importan un carajo sus excusas, sargento.

Fernando hizo el amago de estrellar el teléfono contra la mesa, pero se detuvo a diez centímetros.

—La Hilux era robada. La acaban de encontrar abandonada con la llave puesta y la puerta abierta en el barrio Ceferino.

Mientras decía esto, Fernando escribía en el teclado de su computadora con los dedos índices.

—Son unos incompetentes de mierda —dijo, señalando la pantalla—. La denuncia por robo la hizo un tipo hoy a las siete y media de la mañana. Son las nueve y media y recién ahora me vengo a enterar.

—¿Y qué dice la denuncia?

—No mucho. Juan Belli, treinta y cinco, salió de su casa en la calle Moreno para ir a trabajar y la camioneta no estaba donde la había dejado estacionada.

—¿Moreno? Ésa es la calle del Lucania, el hotel donde se aloja el pastor —dije, recordando los detalles de la reserva de la suite presidencial escritos al margen en uno de los papeles de Analía.

Fernando movió la cabeza lentamente, con la vista todavía en la pantalla.

—Lo tuvimos ahí —dijo—. Era él, claro que era él. No sé cómo carajo se dio cuenta.

—¿Y no podés ir al hotel e interrogar al pastor?

—¿Y qué le digo? ¿Que no tengo ninguna prueba pero sospecho que está metido en el tráfico de personas?

—¿Entonces qué se puede hacer?

—Nada. Ahora no podemos hacer nada.

Habíamos estado tan cerca de agarrarlo con las manos en la masa, pensé. Aunque filmarlo no habría sido suficiente para probar nada ante un juez, al menos habría convencido a cualquiera con dos dedos de frente, incluyendo a Altuna, de que el pastor era el monstruo que buscábamos.

—No nos podemos quedar de brazos cruzados, Fernando.

—No. Voy a pedir que analicen la Hilux para ver si hay alguna huella digital.

—La mano que sacó por la ventanilla estaba enfundada en un guante —le recordé.

—A lo mejor se lo sacó en algún momento. O capaz que había más de una persona en la camioneta.

—¿Y eso cuánto tarda?

—Por lo menos una semana.

—Fernando —dije mirándolo a los ojos—. Mañana a la noche este tipo hace su presentación y el sábado ya no le volvemos a ver el pelo.

El policía respiró hondo antes de responderme. Supuse que no estaba muy lejos de perder la paciencia.

—¿Y qué querés que hagamos? Hay veces que no se puede hacer nada, ¿entendés?

—Yo creo que todavía hay una posibilidad —dije.

—¿Ah, sí?

—Sí. Sabemos que Velázquez vive en Buenos Aires, cerca de donde encontraron muerta a Marcela Salgado. Por la forma en que estaba mutilada, es probable que la secuestraran para hacer brujería. También sabemos que el pastor se iba a encontrar con el Cacique para comprarle a Lucio y llevárselo a Buenos Aires.

—¿Adónde querés llegar?

—A que si el pastor quisiera los albinos para hacer brujería para él, ¿no sería mejor hacerla acá en vez de exponerse a transportar una persona secuestrada miles de kilómetros? Sobre todo después de que encontraron a Marcela Salgado cerca de donde él vive.

—¿Vos creés que no es él quien mata a los albinos?

—Yo creo que no los mata *para* él. Creo que hay alguien en Buenos Aires esperando a que el pastor le lleve un albino. Clientes con los que hace sesiones privadas, por ejemplo. Gente dispuesta a pagar mucha guita por algo que Velázquez acaba de perder.

—¿Qué estás proponiendo?

—Que si quiere un albino, se lo demos.

# CAPÍTULO 60

Cuando salí de la ducha, me froté la toalla en la cabeza y volví a sentir el olor a amoníaco. Hice un círculo con la mano en el espejo empañado del baño y me devolvió la mirada un Ricardo de pelo completamente blanco. Me acerqué un poco más y me miré las cejas.

Sonreí. La tintura había funcionado a la perfección.

Caminé desnudo hasta mi habitación y me senté en la cómoda donde nos habíamos preparado con Ariana al empezar todo esto. Miré la cajita de plástico de las lentes de contacto por las que unas horas atrás había pagado una pequeña fortuna. Aunque había leído que existían casos de albinos con ojos marrones como los míos, el color más común era el celeste.

La sensación al ponérmelas no fue tan horrible como había imaginado. Empecé por el ojo izquierdo, y tuve que intentarlo un par de veces hasta que logré no pestañear antes de que la lente tocara el iris. La segunda fue más fácil.

El espejo me devolvió una mirada ajena. Pelo blanco, ojos celestes. Faltaba el toque final y quedaría perfecto.

Abrí el maletín de aluminio con el maquillaje. Después de borrarme un lunar en la barbilla con corrector de ojeras, agarré una esponjita redonda y apliqué sobre mi cara una capa de base clara. Por primera vez desde que había comprado aquel set de maquillaje para hacer los videos de mi web, abrí el pequeño frasquito de rímel blanco.

Vistas muy de cerca, las pestañas se notaban pintadas, pero el resto del maquillaje me pareció perfecto.

Me levanté de la silla y me vestí con un pantalón beige y una camisa blanca.

Metí una tarjetita de memoria vacía en los anteojos con cámara oculta y me los calcé sobre el puente la nariz. Esta vez, además de filmar me ayudarían a darle veracidad a mi personaje. Según había leído, la mayoría de la gente con albinismo tenía problemas de visión.

Fernando tocó el timbre a las cuatro y media de la tarde. Llegaríamos al club Huergo con dos horas de antelación, suficiente para conseguir un asiento cerca del escenario.

# CAPÍTULO 61

La cola para entrar al gimnasio del club Huergo doblaba en dos esquinas. Cientos de personas, en su mayoría mujeres mayores, esperaban a que abrieran las puertas para conseguir un lugar lo más cerca posible del pastor Maximiliano. Muchas de ellas bebían café en vasos de plástico.

Mientras caminaba junto a la gente, buscando el final de la cola, noté que varias miradas se desviaban hacia mi cabeza. Algunas lo hacían con más disimulo que otras.

—¿Por qué ese señor tiene el pelo blanco, mami? —preguntó una niña de no más de cuatro años.

Al alejarme, oí a la madre tartamudear una explicación.

Los últimos en la fila eran una pareja de cuarenta y largos. El pelo de ella era oscuro y grasoso, y debajo de una camiseta que alguna vez había sido violeta se adivinaban dos pechos caídos y separados. Él tenía el pelo largo y atado en una trenza. En la mano con la que sostenía el vaso de plástico, las letras tatuadas en cada nudillo formaban la palabra *vieja*. Detrás de mí, una anciana se sumó a la fila. Luego llegó otra pareja.

Un minuto más tarde tenía a más de diez personas a mis espaldas. Fue entonces cuando vi a Fernando ponerse en la cola. Tenía la cara descubierta, y no se había puesto la peluca ni los anteojos de sol que le había prestado. Su disfraz se limitaba a unas zapatillas de lona verde, pantalones chupines desteñidos y una remera de AC/DC asomando bajo la campera de cuero abierta. Era convincente, concluí. Habría sido imposible imaginarse que ese metalero de cabeza afeitada y barba candado era un inspector de la policía de Chubut.

—¿Es larga la cola, no? —me preguntaron.

Al levantar la vista, una señora de pelo ondulado me miraba con una sonrisa. No parecía fijarse en mi pelo blanco, como el resto de las personas, sino en mis ojos. Tenía dos termos en una mano y una pila de vasos de plástico en la otra.

—¿Té? ¿Café? —me ofreció—. Es gratis.

—Bueno, un café, gracias.

—Cómo no. ¿Es la primera vez que venís?

—Sí —respondí, y disimuladamente apreté el botón en el marco de los anteojos para empezar a grabar.

—¿Y qué te trae por acá? ¿Lo tomás con azúcar?

—Sí, por favor. Vengo porque tengo una condición muy rara en el colon, y los médicos me dicen que la única solución es operarme. Y antes de dejarlos que me metan cuchillo, decidí probar con el pastor. Todo el mundo habla de lo increíble que es este hombre... ¿Vos creés que podrá ayudarme? —pregunté con mi mejor cara de perro abandonado.

—Por supuesto que sí. El pastor es muy milagroso.

La mujer acompañó aquellas palabras con una sonrisa ensayadísima, y me extendió un vaso humeante.

—¿Cómo te llamás?

—Maximiliano, igual que él.

—¡Qué casualidad! ¿Y sos de acá, de Comodoro?

—Sí. Bueno, vivo acá pero nací en Puerto Deseado.

—Puerto Deseado, qué nombre más bonito —dijo, y su mirada se posó por un instante en la anciana que esperaba detrás de mí—. Bueno, que Dios te bendiga esta noche, Maximiliano.

Le agradecí y bebí un sorbo del brebaje aguado que me acababa de dar. Pensé que probablemente yo era el único en toda esa fila que se daba cuenta de lo importante que era esa mujer para el éxito de la presentación a la que estábamos a punto de entrar.

# CAPÍTULO 62

Cuando entré al enorme gimnasio, se esfumaron las pocas ilusiones que me quedaban de conseguir un asiento cerca del escenario. Una marea de gente caminaba mirando a su alrededor, igual que yo, intentando encontrar una silla vacía. Maldije en voz baja, y me senté lejísimos. Fernando se acomodó en la fila detrás de la mía. Desde allí, sólo veíamos al pastor en las enormes pantallas que colgaban a ambos lados del escenario.

En el escenario vacío había un atril con la inscripción "PM" incrustada en dorado sobre el pie de madera lustrada. Unos metros por detrás, a la derecha, unos instrumentos musicales esperaban en silencio.

Diez minutos más tarde, tres hombres de pelo corto y traje gris aparecieron en el escenario. Sin demasiada ceremonia, se dirigieron hacia los instrumentos mientras el público les dedicaba un aplauso débil. El guitarrista, musculoso y de aspecto caribeño, empezó a tocar una melodía de notas largas y suaves a la que pronto se le unieron el bajo y el teclado. Después de los primeros acordes, una voz femenina y dulce retumbó en las paredes del club Huergo.

—*¡Ay cómo me duele estar despierta y no poder cantar!*

Por el mismo costado por el que habían aparecido los músicos, una mujer rubia enfundada en un vestido beige entró al escenario. Algunos de los del público aplaudieron el comienzo de la canción, pero la mayoría siguió empujándose para encontrar una silla disponible, charlando con quien tenían al lado o sacando fotos con el teléfono.

Las pantallas de los costados se encendieron y la proyectaron de cuerpo entero. Era alta y grande, y tendría treinta y largos. A pesar de su vestimenta sobria y el pelo recogido con gomina, Irma Keiner, la esposa del pastor Maximiliano, resultaba imponente. Mucho más que en cualquiera de las fotos que yo había visto en la autobiografía de Velázquez.

Después de cantar el estribillo por primera vez, Irma apuntó el micrófono hacia el público. En el gimnasio rebotaron las voces de dos mil personas repitiendo una y otra vez "al taller del Maestro vengo".

Varias filas por delante de mí, la mujer del café ahora repartía vasitos y charlaba con la gente dentro del gimnasio. Una de las veces que levantó la vista, me sonrió y me saludó con la mano.

Tras seis canciones sin descansar, la banda dejó de tocar e Irma habló por primera vez al público.

—¿Cómo estamos esta noche, Comodoro Rivadavia? ¿Listos para recibir la energía del pastor?

Todos gritaron que sí, y algunos se pusieron de pie.

—Muy bien, así me gusta. Ya viene. Vamos a darle la bienvenida con esta canción.

Su voz era suave, y a pesar de que según la biografía del pastor se había criado en El Jagüel, sus genes tan nórdicos hacían que fuera raro escucharla hablar con acento argentino.

A mitad de una canción cuyo estribillo repetía una y otra vez "él es el enviado del Señor", Maximiliano Velázquez apareció en el escenario con los brazos en alto. Su sonrisa blanca y ojos muy abiertos llenaron las dos pantallas gigantes. Debajo del traje negro, tenía una camisa de color salmón con los dos primeros botones desabrochados. Lo suficiente para dejar al descubierto el enorme crucifijo de oro que colgaba de su cuello.

# CAPÍTULO 63

El sermón fue una versión concentrada de su autobiografía. Él, un hombre pobre y con malas juntas, había sido tocado por el Señor. A los treinta y cinco años, se le había aparecido Jesucristo por primera vez. De golpe, la adicción a las drogas que lo había llevado a la cárcel más de una vez desapareció por completo. También el deseo de juntarse con aquellos que lo intentaban llevar por el mal camino.

—A partir de ese día, mi vida dio un cambio radical. Jesús me cambió para siempre.

El pastor se quedó un instante en silencio, con la mirada perdida en el techo altísimo del club.

—Durante dos años disfruté de una vida limpia y sana. Fueron dos años geniales en los que conocí a esta preciosa mujer.

Con la palma abierta, señaló a la cantante. Irma Keiner sonrió de oreja a oreja, se besó la mano y la sopló en dirección a su marido.

—Hace ocho años, diez meses y trece días, esta mujer me dio la mejor noticia que puede recibir un hombre en este mundo. La felicidad fue infinita, pero nos duró sólo tres meses. Y la noche misma en que perdimos a nuestro bebé, Jesucristo volvió a tocar a mi puerta. ¿Y saben lo que me dijo? Que yo nunca podría tener hijos.

En el público no volaba una mosca.

—Recuerdo la rabia, las ganas de preguntarle por qué. Pero el Señor es más sabio que todos los hombres juntos y disipó mis dudas con una sonrisa. Me dijo que mi misión en esta vida no era traer hijos al mundo, sino ayudarlo a él a cuidar a los suyos.

Las últimas frases las había dicho con la voz quebrada, y un aplauso tímido comenzó a cobrar fuerza.

—Y a esos hijos de Jesús los tengo frente a mí en este momento. Son ustedes —gritó, y el club estalló en una ovación.

El sermón continuó por poco más de una hora, hasta que el público estuvo listo. Hacerlos aplaudir, gritar, rezar y emocionarse era una estrategia muy usada por pastores sanadores de todo el mundo. El truco era que generaran adrenalina, una sustancia capaz de transformarnos, durante un breve período de tiempo, en superhumanos. Diseñada para ayudarnos a escapar en situaciones de peligro, la adrenalina reducía la sensibilidad al dolor y agudizaba los sentidos.

Gran parte del trabajo del pastor era lograr que el público generara esa sustancia química, que era la verdadera responsable de los milagros que él presentaba en el escenario. Era como darle un analgésico a cada uno de los miembros del público y luego preguntarles si el Señor los había hecho sentirse mejor. La virtud del pastor radicaba en decir las palabras correctas para activar ese analgésico que todos llevaban dentro.

Cuando terminó el sermón, Velázquez comenzó a llamar por nombre y apellido a cierta gente del público. Decía cosas como que Jesús le había hablado de un tal José Sáenz, que sufría de cáncer de próstata y se atendía con un oncólogo joven de pelo negro.

Y, efectivamente, en algún rincón del gran gimnasio, don José se ponía de pie.

Toda esa adivinación habría sido imposible sin la mujer del café. Sonriente y amable, mientras repartía bebidas calientes sonsacaba nombres y dolencias sin que nadie sospechara que llevaba escondida una grabadora. Luego, durante la hora de sermón del pastor, la mujer y otros ayudantes escuchaban la grabación y seleccionaban los casos que tendrían más impacto sobre el escenario. El truco era viejísimo.

Llamando a gente por su nombre e invitándola a subir al escenario, el pastor curó reuma, artritis, piedras en la vesícula y hasta cáncer. Después de un niño con leucemia, el pastor anunció que haría un último milagro.

—Me encantaría ayudar personalmente a cada uno de ustedes —dijo al micrófono—, pero no tengo la energía suficiente. Por fortuna el Señor no tiene ese problema, y él se encargará de cada una de sus dolencias. Y yo le creo, porque Jesucristo es mi guía.

El pastor apuntó el micrófono hacia el público, y dos mil voces repitieron la frase al unísono.

—*Jesucristo es mi guía.*

Una parte de mí conservaba la esperanza de que me llamara para el último milagro. No podía desaprovechar el impacto que tendría sanar a un albino tocayo suyo. Además, la mujer del café me había saludado desde lejos.

Velázquez pegó sus labios al micrófono y esperó a que los murmullos del público desaparecieran.

—La última persona a la que voy a hacer subir al escenario es alguien muy pero muy especial. Marta Reverte.

Mierda, dije, mientras veía a una mujer de la primera fila subir al escenario con la ayuda de un bastón. Miré a mi derecha. Fernando estaba atento al espectáculo.

Me levanté de la silla y empecé a caminar hacia adelante. Por detrás de mi hombro vi a Fernando haciendo gestos disimulados para que volviera. Ignorándolo, volví la vista hacia el escenario y caminé por el pasillo central que había entre las filas de sillas de plástico. Avancé despacio, notando las miradas en mi pelo blanco, en mi piel rosada y en mi ropa clara.

Alcé los brazos y continué hacia adelante. Un murmullo empezó a recorrer el gimnasio, y el pastor Maximiliano interrumpió su charla con la mujer del bastón para mirar hacia el público. Me detuve frente al escenario, y la mirada de Velázquez, que buscaba entre la gente, finalmente se posó sobre mí. Creí ver un indicio de satisfacción en su cara.

Me arrodillé frente a él e incliné el cuerpo hacia adelante, como adorando a un dios.

# CAPÍTULO 64

La gente que se amontonaba entre el escenario y la primera fila se abrió en un corro alrededor de mí. Yo seguía arrodillado, con la mirada fija en el pastor y las manos entrelazadas apoyadas contra mi pecho.

De repente mi cara rosada, enmarcada en el pelo blanco, apareció en la pantalla de la derecha del escenario. Se hizo un silencio tan profundo que sólo se oía el zumbido de los bafles. En la pantalla de la izquierda, vi al pastor Maximiliano llevarse el micrófono a la boca.

—¿Venís por ayuda, hermano? —retumbó su voz.

Asentí.

—Subí al escenario para que el resto de la gente pueda verte.

Debajo de la pantalla que todavía proyectaba mi cara, se abrió una puerta. El asistente enorme que atajaba por la espalda a la gente que el pastor sanaba a empujones me hizo señas para que subiera la pequeña escalerita y esperara a un costado. Trotando, el hombre volvió a colocarse detrás de la anciana del bastón, dejando tras de sí un vaho de perfume importado.

Velázquez despachó rápido a la mujer, y cuando el asistente volvía con ella del brazo, me indicó que entrara en escena.

El club Huergo me regaló un aplauso más fuerte que el que había recibido cualquiera de los otros afligidos. Al parecer, los problemas de un albino daban más pena que los de una anciana o los de un niño.

Maximiliano Velázquez me esperaba de pie junto al atril con sus iniciales doradas. Caminé hacia él, con el corazón golpeándome contra el pecho a toda velocidad y la transpiración escociéndome el cuero cabelludo irritado por la tintura.

Me paré junto a él, tras observarme de arriba abajo, extendió su mano dedicándome una sonrisa enorme. Cuando la estreché, cerró los ojos e inspiró por la nariz.

—Siento una gran conexión con vos —dijo al volver a abrirlos—. Como si tuviéramos algo en común. Algo que hemos compartido toda la vida. ¿Cómo te llamás?

—Maximiliano, como usted.

El hombre asintió con la cabeza de forma lenta y exagerada, y el público estalló en aplausos.

—No me digas nada —prosiguió, posando su mano abierta en mi vientre—. Venís por un problema en el colon. Te dijeron que la única solución era operarte, pero tenés miedo.

—Exactamente —exclamé con cara de sorprendido.

Aplausos, esta vez más fuertes aún.

—No te preocupes, que Jesucristo no necesita un bisturí para ayudarte, tocayo.

Después de decir esto, el pastor se dirigió al público.

—Unan sus fuerzas para sanar a nuestro amigo Maximiliano.

Velázquez cerró los ojos, como había hecho con todos los otros que habían subido al escenario. Su rutina era siempre la misma. Ojos cerrados, rezo a los gritos y luego empujón. Sin embargo, antes de empezar volvió a abrirlos y su mirada se detuvo en el marco de mis anteojos. Cuando vi sus dos manos acercarse a mi cara, tiré disimuladamente la cabeza hacia atrás.

—Te tenemos que quitar los lentes para esto, tocayo. Te pueden lastimar si te desmayás durante la sanación.

—Es que veo muy poco —improvisé.

—Ah, bueno, hubieras empezado por ahí —exclamó, mirando al público—. El Señor y yo te podemos ayudar con eso también. No sólo te vamos a sanar el colon, sino que además nos vamos a deshacer de estos anteojos.

El pastor me quitó suavemente los lentes, guardándoselos en el bolsillo de su traje. A la mierda la grabación, pensé.

Antes de volver a hablarme, dio diez pasos hacia atrás, contándolos en voz alta.

—¿Podés ver cuántos dedos hay acá? —preguntó, mostrándome tres dedos extendidos frente a su cara.

Negué. El pastor hizo un gesto al público indicándoles que prestaran atención. Después volvió a colocarse junto a mí y me puso una mano en el hombro.

—El Señor es muy grande y te va a curar esta noche, tocayo, porque sabe que sos muy especial. La gente como vos tiene un aura blanca, pura, mucho más poderosa que la de cualquier otra persona.

Un aura blanca y pura como la de Lucio, la de Marcela Salgado y la de dieciséis albinos más, pensé.

Sin esperar mi respuesta, Velázquez comenzó a recitar a los gritos un rezo que mentaba a Jesús, al demonio y a mi alma. Y aunque sabía que tarde o temprano llegaría, su empujón en la frente y el estómago me tomó por sorpresa. Si no fuera porque el asistente que me había abierto la puerta me atajó por la espalda, mi cabeza habría rebotado contra las tablas viejas del escenario.

Cuando me incorporé, el pastor trazó con su pulgar una cruz en mi frente y volvió a contar diez pasos hacia atrás.

—¿Cuántos dedos ves? —preguntó, apoyándose el índice y el mayor contra su pecho.

De nuevo, un artilugio clásico. La mayoría de la gente con problemas de visión habría sido capaz de distinguir esos dos dedos y no los tres de antes. El truco estaba en que la primera vez me los había mostrado con su cara de fondo, que era del mismo color que su mano. Ahora, con su piel blanca contrastando en el traje negro, era mucho más fácil.

—¿Cuántos dedos ves? —insistió—. Vamos, vos podés, hermano.

Pensé antes de responder. Era una oportunidad perfecta. Sólo tenía que jurar y perjurar que no era capaz de distinguir la cantidad de dedos y lo dejaría en ridículo ante dos mil personas. Era tentador, pero probablemente lo habría alarmado.

—Dos —dije.

—¡Aleluya!

La gente se levantó de sus asientos y comenzó a aplaudir, algunos con lágrimas en los ojos. Por un segundo, sentí ganas de creer, como ellos creían, en que había algo o alguien más allá a quien recurrir en momentos difíciles. Una oportunidad más cuando la medicina, la economía o el amor nos daban la espalda.

—Ya estás curado —dijo el pastor—. Pero antes de que te vayas, una última cosa.

Me alegré al ver que metía la mano en el bolsillo y sacaba de él mis anteojos.

—¿Estás seguro de tu fe en Jesucristo? —preguntó.

Asentí.

—Yo también estoy seguro —dijo, y los dejó caer al suelo.

Me agaché a recogerlos, pero antes de que mi mano los alcanzara, su zapato lustrado los destrozó con el talón. Mientras el público aplaudía y gritaba aleluyas, la cara del pastor se tensó al ver los pequeños componentes electrónicos que asomaban de mis anteojos rotos.

Salí corriendo hacia la puerta por la que había entrado al escenario. Sin embargo, antes de llegar al final de la escalerita que me devolvería al público, sentí un tirón en la ropa.

Grité, pero la gente del otro lado de la pared de madera volvía a aplaudir ruidosamente después de un comentario del pastor que no llegué a entender.

—Gritás otra vez y te rompo el cuello —me dijo una voz áspera, y sentí el olor a perfume importado.

# CAPÍTULO 65

Para cuando la puerta del vestuario del club se abrió, ya no me sentía las manos ni los pies. Las ataduras en las muñecas y los tobillos que me había hecho el asistente del pastor antes de encerrarme me cortaban por completo la circulación.

—Hola, tocayo.

Desde el rincón en el que me habían tirado, vi la figura delgada de Velázquez recortándose en la puerta del vestuario. A lo lejos, todavía se oía la música lenta que habían puesto para amenizar la salida de la gente al final de la presentación.

El pastor accionó un interruptor en la pared y la luz de los tubos fluorescentes le alumbró una sonrisa ancha. Se había quitado la parte de arriba del traje, y llevaba las mangas de la camisa salmón arremangadas hasta los codos.

—¿Cuántos dedos ves? —dijo, mostrándome sólo el mayor.

Me quedé en silencio.

—A lo mejor necesitás los anteojos.

Hizo una seña con la mano para que esperara mientras se metía la otra en el bolsillo de la camisa.

—Los estuve mirando un ratito, y la verdad es que son raros, che. Para empezar no tienen aumento.

Se puso los anteojos destartalados sobre el puente de la nariz con un ademán exageradamente parsimonioso. Uno de los cristales ya no estaba, y del marco de plástico colgaba un pequeño cablecito rojo.

—Es la primera vez que veo anteojos eléctricos, así que entenderás mi curiosidad. Por suerte Míster Google lo sabe todo, incluso el significado de la inscripción que encontré en el interior del marco.

El pastor sacó del bolsillo de su pantalón un teléfono de pantalla enorme y leyó en voz alta.

—Las gafas SpyPro Glass G3 incorporan una lente de un milímetro de diámetro escondida en el marco de diseño elegante. ¡Graba audio y video por más de dos horas sin ser descubierto!

Tras guardarse el teléfono en el bolsillo, se quitó los anteojos.

—Qué lástima que les pegué un pisotón. Si no, te pedía que sonrieras para la cámara, tocayo.

Atravesó la habitación de brazos cruzados, y se detuvo cuando sus pies chocaron con los míos. Se agachó hasta que nuestros ojos quedaron a la misma altura.

—¡Ayúdenme! —grité con toda la fuerza de mis pulmones.

Con el revés de la mano abierta, el pastor me dio vuelta la cara.

—Shhhhh. No hace falta que grites, tocayo —dijo con una sonrisa—. Acá no te va a escuchar nadie.

Velázquez me empujó contra el suelo y yo forcejeé todo lo que me permitieron mis piernas y manos atadas, pero no me lo pude quitar de encima. Puso sus rodillas sobre mi pecho y dejó caer sobre él todo el peso de su cuerpo hasta que ya no pude respirar. Las manos me habían quedado aprisionadas entre mi espalda y el suelo, y sentí que se quebrarían.

—¿Quién carajo sos? —preguntó, levantando el puño a la altura de su hombro.

—Alguien que no te va a servir para tus brujerías.

El puñetazo fue directo a la boca, y sentí el gusto metálico de la sangre.

—¿Quién sos y qué querés? —repitió el pastor.

Entonces golpearon la puerta del vestuario. Grité con todas mis fuerzas pidiendo ayuda.

—Pastor, abajo del escenario hay un policía que pregunta por usted —dijeron del otro lado de la puerta, y reconocí la voz del asistente.

—Decile que ahora estoy ocupado —gritó Velázquez, todavía arrodillado encima de mí y con un puño en el aire.

—Me dijo que si no va usted, viene él a buscarlo.

—Decile que te muestre la orden de allanamiento. Y preguntale si quiere el teléfono de mi abogado.

—Pastor, con todo respeto, me parece que es mejor que hable con él, para dejarlo tranquilo. No se lo ve muy mansito.

El pastor negó con la cabeza y dejó escapar un soplido largo. Se incorporó y me apresuré a llenarme los pulmones de aire.

—No me extrañes que ya vuelvo —dijo, señalándome con el índice, y cerró la puerta tras de sí.

Al quedarme solo, miré para todos lados intentando encontrar algo con que cortar la cinta adhesiva que me inmovilizaba de pies y manos. Arrastrándome hasta el centro del vestuario, froté la atadura en las muñecas contra las patas de metal de un banco, pero las aristas eran demasiado redondeadas.

Metí la cabeza debajo del banco, con la esperanza encontrar alguna rebarba en la soldadura. Descubrí algo mejor aún. Las tablas de madera estaban aseguradas al armazón de hierro con tornillos a los que les sobraban al menos tres centímetros. Raspé la cinta contra uno de ellos con todas mis fuerzas.

Antes de que pudiera liberarme, sentí la puerta del vestuario y unas manos tiraron con fuerza de mis tobillos, arrastrándome por el suelo hasta alejarme del banco.

Visto desde abajo, el asistente del pastor parecía aún más grande y musculoso. Sonrió, mostrándome un cuchillo de hoja enorme.

—Vamos, tenemos que salir de acá rápido —dijo cortando mis ataduras—. Si vuelve y te encuentra, estás en el horno.

El hombre asomó la cabeza por la puerta del vestuario en el que él mismo me había encerrado y atado. Miró hacia ambos lados y echamos a correr por un pasillo siguiendo los carteles hacia la salida de emergencia.

# CAPÍTULO 66

El asistente corpulento empujó la barra antipánico y la puerta de emergencia se abrió hacia afuera. Incluso en la oscuridad de la noche, reconocí la calle estrecha a la que habíamos salido.

—Subí que te llevamos a tu casa —dijo una voz a mi izquierda.

Al girarme, Irma Keiner me sonrió con las manos detrás de la espalda. Entonces lo entendí todo. Mientras Velázquez mantenía a Fernando ocupado, su mujer y Lito me esconderían en otro lado.

—No hace falta —dije alejándome de ella, a punto de empezar a correr hacia las luces del estacionamiento del edificio de YPF, al fondo de la calle.

—Sí, hace falta —respondió, y me enseñó con desgano un arma—. Subí.

Sin otra alternativa que hacerle caso, me metí al Audi por la puerta trasera. Dentro del vehículo, el asistente me esperaba sentado. Sobre su regazo, las pocas luces de la calle se reflejaban en el metal negro de una pistola.

—Él es Lito —dijo Keiner cuando se puso al volante, mirándome por el espejo retrovisor—. Si te portás bien no te va a hacer nada. Pero si te portás mal... no tiene mucha paciencia.

—¿A dónde vamos? —pregunté mientras el Audi empezaba a moverse.

—A dar una vuelta.

—Escúchenme una cosa. Esto es un malentendido.

—Callate la boca —dijo Lito.

—Déjenme que les explique. Yo no...

El metal frío de la pistola se me clavó en la sien.

—Callate la boca —repitió.

—¿Te dije o no te dije que no tenía paciencia?

Asentí en silencio y la pistola volvió al regazo del mastodonte.

Por la ventanilla vi que dejábamos atrás el club Huergo. Fernando seguramente me estaría buscando dentro de aquellas paredes, ignorando que estos dos me estaban llevando vaya a saber adónde.

Imaginé que para ese momento tendría mil llamadas perdidas de él, pero había silenciado el aparato al entrar al club. Con suerte, se daría cuenta de que el teléfono seguía encendido y pediría a alguien en la Policía Federal que me ubicara triangulando la señal. Ese teléfono podía ser mi salvación si encontraba una manera de que no me lo quitaran.

—¿Me puedo poner el cinturón de seguridad? —pregunté.

—Mirá vos qué civilizado el tipo —respondió Lito con voz áspera.

Interpreté aquello como un sí, y me giré lentamente hasta alcanzar la hebilla del cinturón. Fingí torpeza al intentar embocarla en la ranura, para desviar la atención del asistente hacia esa mano. Con la otra, saqué disimuladamente el teléfono de mi bolsillo y lo deslicé entre el respaldo y la base del asiento.

Cinco minutos después, habría sido demasiado tarde.

—Dale tu teléfono a Lito —me ordenó Irma desde adelante, después de unos kilómetros en silencio.

—No lo tengo —dije, tocándome los bolsillos—. Me lo debe haber sacado el pastor.

Lito me palpó para asegurarse de que decía la verdad y hasta me obligó a levantarme un poco del asiento. Pasó la mano por la parte de atrás de mi pantalón y luego por la tapicería de cuero. Contuve la respiración.

—No lo tiene —dijo, y largué el aire de a poco.

Nos detuvimos en un semáforo en rojo. Junto a nosotros, del lado de Lito, paró un Ford Ka con cuatro adolescentes que escuchaban cumbia a todo volumen. El que estaba sentado junto al conductor tomó un trago de una cerveza y señaló a nuestro vehículo. Los otros tres miraron con cara de fascinación. No había muchos Audis en Comodoro Rivadavia.

Como el parabrisas era el único vidrio del coche que no era completamente oscuro, los del Ford Ka se adelantaron unos metros y se giraron para mirar hacia nosotros. Asumiendo que Irma iba sola al ver el asiento del acompañante vacío, empezaron a hacerle señas y sonreírle, gritándole piropos que no llegábamos a escuchar. Uno bajó la ventanilla y sacó la cerveza, moviéndola al ritmo de la música.

—Pendejos de mierda —dijo Irma.

El semáforo se puso en verde y salimos haciendo rechinar las ruedas. Mientras adelantábamos a los adolescentes, vi que seguían haciendo payasadas en nuestra dirección. Lito se giró a mirarlos, quitándome los ojos de encima por primera vez desde que habíamos salido del club Huergo.

Entonces supe que si no me escapaba en ese momento, no lo haría nunca. Con la mano izquierda tanteé hasta encontrar la hebilla del cinturón de seguridad. Apreté el botón y manoteé la manija de la puerta, abalanzándome hacia ella para tirarme del auto en movimiento.

La puerta no se movió de su lugar. Probé de nuevo, empujándola con el hombro. Al tercer intento, sentí un impacto seco en la cabeza y las manos se me paralizaron. Me imaginé una bala perforándome el cráneo.

# CAPÍTULO 67

Me desperté confundido, con un dolor de cabeza fortísimo. El suelo debajo de mí vibraba, y mis manos y pies estaban atados. La oscuridad era total, pero el traqueteo y el olor a alfombra nueva me bastaron para saber que estaba en el baúl del Audi. Intenté detectar las voces de Irma y Lito en el coche, pero solo logré oír el sonido monótono del escape.

Si todavía estaba vivo, el impacto en la cabeza no podía haber sido una bala. Supuse que el asistente me habría dado un culatazo.

Me pregunté cuánto tiempo habría estado inconsciente, y por dónde iría ahora el coche. Si seguíamos dentro de la ciudad, todavía había esperanza de que Fernando rastreara el teléfono que yo había escondido entre el respaldo y el asiento.

Me contorneé en aquel compartimento hasta quedar apuntando hacia la dirección en la que se dirigía el coche. Si Lito seguía sentado en el mismo lugar, había apenas treinta centímetros entre él y mis rodillas.

Recorrí con los dedos la alfombra de la parte de atrás del asiento hasta dar con la unión entre en respaldo y la base. Introduje una de las manos en la rendija y sentí la textura fría y suave del tapizado del cuero.

No tenía idea de cuánto podía meter los dedos antes de que asomaran del otro lado, así que recorrí la unión sólo con las últimas falanges. No encontré nada. Empujé un poco más y volví a tantear la tapicería hacia un lado y hacia el otro, esta vez con toda la longitud de mis dedos. El anular se topó con algo duro, pero el tacto de aquel objeto no era el de mi teléfono. Probablemente sería el anclaje del cinturón de seguridad.

Me sequé el sudor de la frente en el brazo y metí la mano hasta que la atadura en las muñecas no cedió un milímetro más. Entonces sí, la yema del mayor se topó con un borde redondeado que me resultaba familiar. Todavía había esperanza.

Sujeté el teléfono con la punta de dos dedos e intenté tirar de él. Se deslizó apenas un centímetro. Intenté otra vez, y se movió algo más. A la tercera, cayó junto a mi pecho.

Con manos temblorosas y el sudor escociéndome en los ojos, marqué el número de Fernando.

No tenía señal.

Activé el GPS, agradeciendo por primera vez haber abandonado el viejo Nokia. En la pantalla apareció un mapa indicando que estábamos saliendo de la ciudad, hacia el norte.

Me apuré a escribirle un mensaje al policía.

*Secuestrado x mujer del pastor y asistente. Atado en baúl d un Audi. Vamos x ruta 3 p el norte, llegando al cruce aerop.*

Mis posibilidades de salir con vida dependían de que el teléfono encontrara un último vestigio de señal para enviarlo. Si no lo lograba en los próximos minutos, entraríamos a la Pampa de Salamanca y ya no habría cobertura por cuatrocientos kilómetros.

# CAPÍTULO 68

La espalda del pastor golpeó contra la pared del vestuario del club, haciéndole crujir las vértebras. Esta vez, llenarse los pulmones de aire para volver a hablar fue aún más doloroso.

—No sé dónde está, te lo juro —le repitió al policía vestido de AC/DC que lo agarraba del cuello de la camisa.

Sin dejar de aplastarlo contra la pared, el hombre miró alrededor. De repente, los ojos del policía se detuvieron en un punto del suelo. Una de sus manos enormes aflojó la presión, y el pastor lo oyó largar un soplido de impaciencia. Un segundo más tarde, la misma mano le incrustó el caño de una nueve milímetros en la mandíbula.

—¿Y esos anteojos de quién son, hijo de puta? Decime dónde está o te vuelo la cabeza, así de simple.

Maximiliano Velázquez se mantuvo en silencio, y sintió que el otro apretaba más aún el caño contra su garganta. Ojalá este tipo no fuera policía, pensó. Ojalá realmente existiera la posibilidad de que apretara el gatillo y todo terminase rápido. Sin dolor y sin quimioterapia. Sin que los titulares en los diarios dijeran que el gran sanador no había sido capaz de curarse a sí mismo.

—No sé dónde está —dijo al fin, cuando el metal casi le desgarraba la piel—. Cuando descubrí que los anteojos tenían una cámara, lo traje acá para asustarlo, pegarle una paliza y nada más. Después vino Lito y me dijo que me buscabas. Lo dejé acá hasta hace cinco minutos, te lo juro.

—¿Quién es Lito?

—Mi asistente, el que ataja a las personas en el escenario y maneja el camión con los instrumentos y la utilería para las presentaciones.

Sin quitarle el caño del cuello, el policía miró hacia un lado y hacia el otro, intentando pensar. Se quedaron un instante así, hasta que el bip de un teléfono interrumpió el silencio.

# CAPÍTULO 69

Cuando las vibraciones en el baúl se convirtieron en un traqueteo brusco, supuse que habíamos abandonado el asfalto. Poco después, sentí que el coche disminuía la velocidad hasta detenerse por completo. Oí que Irma y Lito se bajaban y me apresuré a guardarme el teléfono en el bolsillo.

La tapa del baúl se abrió de par en par y los dos se inclinaron sobre mí al mismo tiempo. Tiraron de mi ropa hasta que caí al suelo.

Levanté la cabeza y miré alrededor. Las luces de la ciudad llegaban sin fuerza, pero reconocí las vallas de alambre, las estructuras de hierro y las paredes de ladrillo desnudo que nos rodeaban. Estábamos en el barrio Álamos, ochenta casas a medio construir que el Gobierno había anunciado para familias de pocos recursos.

Irma había estacionado detrás de una de las viviendas, dejando el Audi fuera de la vista de los pocos que transitaban la ruta a medianoche.

—Hay un error —me apresuré a decir—. No soy albino. Estoy disfrazado. Tengo el pelo teñido. Si me sueltan las manos, me saco los lentes de contacto.

Lito miró a Irma, esperando instrucciones.

—Fijate si es verdad —dijo ella.

El asistente me abrió la camisa de un tirón, haciendo saltar todos los botones. Luego me levantó un brazo para mirarme la axila.

—Dice la verdad —confirmó.

Irma Keiner maldijo por lo bajo y se alejó con Lito para hablar sin que yo pudiera oírlos. Mientras cuchicheaban, eché un vistazo a mi alrededor intentando encontrar una forma de salir vivo de allí.

Había ladrillos por todos lados, pero con las manos y los pies atados no me servirían de mucho. Unos metros por detrás de mí vi una pila de tablas, muchas de ellas con clavos apuntando hacia arriba. Empecé a arrastrarme disimuladamente. Si lograba alcanzar una, quizás podría cortar las ataduras.

—¿Se puede saber quién carajo sos? —preguntó Irma Keiner cuando todavía me quedaba la mitad del camino hacia las maderas.

—Me disfracé para hacerle una cámara oculta al pastor. Quería saber si sus poderes eran de verdad y si sería capaz de darse cuenta de que yo realmente no tenía ningún problema de colon —improvisé, intentando ganar tiempo.

—¿Y por qué de albino?

—Porque así me pareció que llamaría más la atención y tendría más posibilidades de que me hiciera subir al escenario.

—¡Mentira! Vos sabés algo más —gritó la mujer con todas sus fuerzas.

Miré alrededor. No se movía un alma en las calles sin inaugurar.

—Yo no sé nada. Se lo juro. Sólo quería hacerle una cámara oculta al pastor.

—¿Te pensás que no me enteré de lo que le pasó al Cacique de San Julián?

Irma Keiner sacó del bolsillo un guante negro y se lo puso en la mano derecha.

—Esa nariz y los anteojos gruesos que tenías esta noche son demasiados parecidos a unos que vi ayer, cerca de un vagón de tren en el medio de la nada.

La mujer me tocó la punta de la nariz con el más largo de sus dedos enfundados y luego me lo puso a un palmo de la cara. Después miró a Lito y le hizo un gesto con la cabeza.

Mientras ella caminaba de vuelta hacia el volante del auto, el asistente me apuntó con la pistola.

—Sí me pasa algo, todo lo que pasó esta noche en el escenario se publica en Internet —mentí—. Todo el mundo se entera de que el pastor Maximiliano es un fraude incapaz de distinguir entre una persona enferma y una sana. Y si llego a aparecer muerto, ¿por dónde te pensás que va a empezar a preguntar la policía?

Irma giró sobre sus talones y soltó una carcajada.

—¿Ah, sí? ¿Cómo vas a hacer para recuperar los anteojos con los que grabaste? Y, suponiendo que pudieras, para publicar el video tendrías que estar vivo.

—Los anteojos que usé tienen una tarjeta SIM con conexión a Internet y suben una versión en baja resolución mientras graban. Cada vez que hago una cámara oculta, un amigo recibe el video y tiene instrucciones de publicarlo si me pasa algo.

—No te creo —dijo con una mueca que se parecía a una sonrisa. Luego miró a Lito y asintió con la cabeza.

El asistente levantó la pistola y me apuntó al medio de la frente por segunda vez. Entonces me di cuenta de que había perdido. Ellos seguirían asesinando albinos y mi cuerpo aparecería tirado como el de Javier Gondar.

Fue esa certeza de que ya no había vuelta atrás la que hizo que le gritara, desgarrándome la garganta.

—¡Enfermos! Vos y tu marido son unos enfermos. ¿Qué piensan que obtienen cada vez que despedazan a una persona? ¿Vida eterna?

Irma posó la mano sobre el antebrazo de Lito, y el asistente bajó la pistola. Me observó extrañada, con el ceño a medio fruncir, como si yo acabara de decir algo completamente inesperado. Antes de hablar, se sentó en el suelo junto a mí.

Miré de reojo las tablas con clavos. Me era imposible alcanzarlas.

—Al final, me parece que vos no sabés tanto como yo creía —dijo dándome una palmada sobre la rodilla—.

Te voy a contar un secreto. Mi marido, el gran pastor sanador, no cree en nada que no se pueda depositar en un banco.

—¿Me vas a decir que lo hacen por guita? ¿No les alcanza con la fortuna que él le roba a la gente en cada presentación como la de hoy?

—Y dale con mi marido. Si fueras a seguir viviendo, te aconsejaría que intentaras dejar un poquito de lado el machismo. ¿Qué te hace pensar que él sabe algo de todo esto?

# CAPÍTULO 70

—Fuiste vos sola —dije.

—Con la ayuda de Lito —me corrigió Irma Keiner, sonriéndole al asistente.

—Y lo planeaste todo para que tu marido quedara como el culpable. Por eso me trajeron en este auto. Y por eso le pagaste a una mujer para que hiciera la denuncia por acoso sexual a su hija albina.

Irma Keiner aplaudió tres veces.

—Muy bien, Sherlock Holmes.

—¿Y no se te ocurrió otra forma de arruinarle la vida que descuartizando gente inocente? ¿Qué planeabas hacer? ¿Destapar la olla en algún momento y mandarlo preso para quedarte con toda la guita?

La mujer exhaló con fuerza, como si estuviera a punto de perder la paciencia.

—Hay mil formas más fáciles de quitarle la plata a alguien, y muchas más de arruinarle la vida. Pero sólo hay una para salvársela.

—¿Salvársela? —repetí, extrañado.

—¿Por qué te creés que todavía está vivo, si hace dos años y medio los médicos le dieron seis meses como mucho?

Aquello me tomaba por sorpresa.

—Porque la medicina no es una ciencia exacta —dije.

—¡Esto no tiene nada que ver con la medicina! —rugió Irma Keiner—. Si hubieras visto con tus propios ojos el poder que tiene esa gente, no dirías tantas estupideces. Si hubieras sentido esa pureza como la sentí yo la primera vez que fui a ver a Freddy, entenderías todo.

—¿Quién es Freddy?

—Freddy es lo más parecido a Dios que conozco.

—¿Fue él el que descuartizó a toda esa gente para salvar a tu amorcito? —dije, con tono sarcástico.

—¿Así que o soy una viuda negra o lo hago por amor? —rió la mujer—. No, lo mío es más básico. Supervivencia, nada más. Sin pastor Maximiliano no hay banda, ni espectáculo, ni esposa del pastor Maximiliano, ¿entendés? Me quedo en la calle.

—Una mansión de ochocientos mil dólares no es la calle.

Irma Keiner negó con la cabeza.

—Una hipoteca de ochocientos mil dólares —corrigió—. ¿O te creés que es fácil ahorrar con un cocainómano que se gasta una fortuna en putas cada vez que pisa una ciudad nueva?

Me quedé un instante en silencio, mirando a aquella mujer como a un perro que enseña los colmillos.

—El Audi, la casa, los trajes traídos de Europa —continuó—, ¿sabés lo que cuesta todo eso? Sin las presentaciones, no duraríamos un mes. Y para eso necesitamos al pastor Maximiliano. Vivo.

Un perro guardián, pensé. Dispuesto a morder a quien fuera para proteger a la gallina que se comía sus propios huevos de oro.

—Y te inventaste la denuncia por acoso sexual para que cuando alguien empezara a investigar, todo apuntara a tu marido.

—Si explota todo, prefiero ser pobre y libre que rica y presa. Pero por suerte eso no va a pasar —dijo, poniéndome una mano en el hombro.

—Por eso cuando te enteraste de que Javier Gondar andaba tras los pasos del Cacique, lo mandaste matar. Para evitar que llegara a vos y tener que usar ese último recurso.

—Algo así. Aunque nunca me imaginé que el estúpido de Linquiñao fuera a salir en televisión diciendo que él mismo lo había matado con magia negra.

—Estás completamente loca.

—¡Y vos no vas a entender nada por más que sigamos hablando dos horas! —me gritó con toda la fuerza de sus pulmones, tan cerca de mi cara que su nariz casi rozaba la mía.

La mujer se incorporó y miró alrededor. Todo seguía tan quieto como antes.

—Me cansaste —dijo.

El asistente se acercó a mí y volvió a apuntarme a la cabeza.

—Pará, no te vayas. Una pregunta más.

Irma Keiner ya no se dio vuelta. Se me había acabado el tiempo.

Cerré los ojos. Me hubiera gustado tener en qué creer en aquel momento. En que había vida después de la muerte, por ejemplo, y que Marina me estaba esperando del otro lado. Creer que la podría volver a abrazar.

Entonces llegó el disparo.

# CAPÍTULO 71

La pistola de Lito golpeó el suelo un segundo antes que sus rodillas. Incluso en la oscuridad, vi su cara tensarse. El balazo le había entrado por la espalda y salido por el pecho, apenas a un metro de mi cabeza.

Quedamos cara a cara, arrodillados en el suelo polvoriento que algún día sería el patio de una familia. Con ojos extraviados, se llevó la mano al pecho. Al vérsela bañada en sangre, largó un gruñido ronco y se inclinó hacia adelante para recoger su pistola.

Me lancé hacia él con todas las fuerzas que me permitieron las ataduras. Apunté el cabezazo directamente a su mandíbula, y el asistente cayó de espaldas, inmóvil.

Sonó otro estruendo, esta vez más cerca de mí. Irma había disparado hacia una de las paredes de la casa en construcción.

—Levantate —dijo tirando de mi camisa y sentí el metal todavía hirviendo detrás de la oreja derecha.

Me puse de pie como pude, y el brazo de Irma Keiner me rodeó el cuello.

—Al primer ruidito que escuche, lo mato —gritó hacia la pared a la que acababa de disparar—. Ahora nos vamos a subir al auto.

—Mejor dejalo libre y bajá el arma.

Reconocí la voz áspera del comisario Altuna.

—Para cualquier lado que vayas, no vas a llegar a hacer más de cincuenta metros antes de toparte con un móvil —añadió—. Mirá a tu alrededor.

Las luces azules de dos patrulleros se encendieron al mismo tiempo. Uno cortaba el acceso a la ruta, y el otro al resto de las calles de tierra del barrio en construcción.

—Les vas a tener que decir que elijan, entonces —respondió Irma—. O me dejan pasar, o cargan por el resto de su vida con la muerte de éste.

La punta de la pistola de Irma Keiner alternaba ahora entre mi nuca y la pared que protegía al comisario. Mientras hablaba, tiraba de mi cuello hacia el coche con tanta fuerza que me costaba respirar. Los tobillos atados me hacían trastabillar constantemente y sólo podía moverme dando saltitos hacia atrás. Con cada uno, la parte de atrás del cráneo me golpeaba contra el arma.

En esa situación, Altuna no iba a arriesgarse a disparar. No a menos que yo hiciera algo para ayudarlo antes de que Irma me metiera dentro del coche.

Mientras retrocedía, bajé la cabeza todo lo que el codo de la mujer me permitió y miré hacia el suelo por el rabillo del ojo. Di dos saltos más y luego me detuve un instante para calcular la fuerza del tercero. Si era demasiado corto, mi plan no funcionaría. Pero si era demasiado largo y ella se alarmaba, yo terminaría con una bala saliéndome por la frente.

Cerré los ojos y di el tercer salto, empujándola un poco con mi espalda.

Irma Keiner dio un paso largo hacia atrás para intentar contener todo nuestro peso y evitar que nos cayéramos al suelo. Entonces oí el ruido de las tablas golpeando unas contra otras.

La mujer soltó un gruñido y su brazo alrededor de mi cuello aflojó un poco. Cuando miré hacia abajo, vi que mi pie se había salvado por un centímetro de la punta oxidada de un clavo enorme. El suyo, en cambio, no había tenido tanta suerte y había aterrizado en medio de la pila de maderas.

Intentando mantener el equilibrio, Irma Keiner extendió los brazos, dejando de apuntarme con la pistola durante un instante. Supe que aquella sería mi única oportunidad de separarme de ella, y di un salto hacia adelante con todas mis fuerzas.

El disparo sonó antes de que yo tocara el suelo. No vino desde donde estaba el comisario, sino desde atrás del Audi.

La mujer cayó junto a mí en la tierra seca y saturada de polvo de cemento. Una zapatilla de lona verde le aprisionó la mano que empuñaba la pistola, obligándola a soltarla. Reconocí la figura corpulenta de Fernando, a la que se le sumaron dos policías más.

—¿Estás bien? —me preguntó después de esposar a la mujer del pastor. Todavía iba vestido de AC/DC.

—¿Cómo va a estar bien si casi le vuelan los sesos, Orlandi? —gritó el comisario Altuna apareciendo desde atrás de la pared. Llevaba el chaleco antibalas por encima del pijama.

# CAPÍTULO 72

Tres días después de que Altuna y Fernando me salvaran de Irma Keiner, miré hacia el cielo antes de entrar a la comisaría. Un manto de nubes plomizas cubría la ciudad, amenazando nieve.

Altuna me esperaba en su despacho. Lo encontré sentado en su silla de respaldo enorme, leyendo el diario. En el centro de su escritorio impoluto había una caja de cartón apenas más grande que un libro. Al verme, cerró el periódico y se puso de pie.

—Te queda mejor el pelo oscuro, Varela.

Sonreí y me pasé la mano por la cabeza.

—Gracias por venir —dijo, estrechándome la mano.

—Al contrario, gracias por llamarme. Ya no aguantaba más sin saber cómo sigue todo.

Del barrio en construcción me habían llevado al hospital, y de allí a la comisaría para tomarme declaración. La única información que me dieron fue que Lito había muerto y que Irma Keiner estaba herida en el hombro pero sobreviviría. Luego me mandaron a casa y me dijeron que me mantendrían al tanto, pero no supe de ellos hasta el lunes cuando sonó el teléfono.

—¿Hubo alguna novedad? —quise saber.

Altuna se alisó la corbata con la palma de la mano.

—Sí, varias. Pero antes de eso, dejame aclararte que yo en realidad no debería contarte nada a vos, porque sos un testigo fundamental del caso. Si lo hago es porque, después de todo lo que hiciste, te merecés una explicación.

Incliné la cabeza en señal de agradecimiento.

Altuna abrió un cajón de su escritorio y sacó un teléfono con funda dorada.

—Éste es el celular de Irma Keiner —dijo—. Mirá lo que encontramos.

En la pequeña pantalla vi a un hombre sentado en una butaca de un teatro vacío. Frente a él, había otros dos que reconocí a pesar de la mala calidad del video. El que le hablaba era el pastor Maximiliano, aunque lo que decía era apenas audible. Junto a él, Lito lo golpeaba con los puños cada vez que su jefe se lo indicaba.

—Esto fue hace doce días, en Puerto Madryn.

—Zacarías —dije.

—Sí. Zacarías Ponte. Prestando atención al audio, se escucha que Velázquez dice su nombre completo. Tuvo la mala suerte de que lo descubrieran grabando las transmisiones de radio entre el pastor y la asistente que le pasaba la información.

—Es culpa mía —dije llevándome una mano a la cabeza—. Yo le pedí ayuda para desenmascarar al pastor. Me dijo que sí, pero después nunca me volvió a contactar.

—Ya lo sé. Hablé por teléfono con él hace un rato. Está bien. Pasó un día en el hospital, pero ya está completamente recuperado.

—Me debe odiar.

—Al contrario. Te admira. Me dejó su número de teléfono para que lo llames, porque se siente un poco en deuda con vos por no haberte mandado la grabación. Dice que le dio miedo, porque el pastor amenazó con hacerle algo a su novia. Eso también se escucha en el video.

—Hijo de puta —murmuré—. ¿Y qué hacía esta filmación en el teléfono de Irma Keiner?

—Probablemente otra forma de incriminar a su marido en caso que todo se destapara. Si bien no lo relaciona con los albinos, le hubiera servido para interpretar el papel de mujer aterrorizada de lo que su marido es capaz de hacer. Imagino que no fue algo premeditado, sino que Keiner se encontró esta situación de casualidad y aprovechó para filmarla con su teléfono. Igual son todas especulaciones, porque no dijo una sola palabra sobre el caso desde que la esposamos.

—¿Nada?

—No. Se cerró como una ostra. Encima ayer llegó su abogado de Buenos Aires, y parece que le aconsejó que se mantuviera en silencio.

—¿Y qué pasa si no se confiesa culpable? Esa mujer no puede quedar en libertad, comisario. Es un monstruo.

—Vos tranquilo, que ningún juez va a autorizar que la larguemos. Tenemos munición pesadísima para usar en su contra. Siete oficiales de testigo de que te secuestró y te tomó de rehén, por ejemplo. Además, mirá lo que me acaba de enviar la Policía Bonaerense.

Altuna señaló la computadora frente a él y yo me incliné sobre el escritorio para mirar la pantalla. Abrió un archivo adjunto a un email que tenía como asunto "Irma Keiner".

El documento mostraba una foto donde la mujer del pastor se veía más joven y a su vez más arruinada. El pelo le caía sobre los hombros en trenzas sucias, y las ojeras violáceas sobre la cara huesuda parecían pintadas.

—Resulta que antes de convertirse en la esposa del pastor Maximiliano y vivir una vida de lujos, Irma Keiner tuvo varios encuentros con la policía de Buenos Aires. Conducir en estado de ebriedad, disturbios en la vía pública bajo la influencia del alcohol, tenencia de drogas. Esas cosas.

—Una joyita.

—Sin embargo, la ristra de altercados se corta de golpe hace once años. Es como si Keiner hubiese pasado de alcohólica problemática a ciudadana respetable de un día para el otro.

—En la biografía del pastor creo que hay una parte donde ella habla del cambio en su vida al conocerlo a él.

—Sí, pero es mentira —dijo Altuna, sacando un ejemplar de *Mi amistad con Jesús* del mismo cajón donde tenía el teléfono—. El libro dice que se conocieron en 2003. La última entrada en el expediente de esta mujer es de dos años antes.

—¿Y eso tiene algo que ver con todo lo que acaba de pasar?

—Leé esto —me dijo, señalando dos líneas al final del archivo—. Es de la última vez que la detuvieron, en 2001.

—*La multa por el vehículo secuestrado fue abonada por el señor Frederick Limbu, alias Freddy, DNI 90.751.998, ciudadano de la República Unida de Tanzania* —leí, y recordé la frase de Irma Keiner.

*Freddy es lo más parecido a Dios que conozco.*

—Este tal Limbu nació en Tanzania en 1959 y se mudó a la Argentina a finales de los noventa. Vivió en El Jagüel hasta 2005, y después se fue un tiempo a su país. Volvió hace poco más de dos años —agregó Altuna.

—¿Al Jagüel?

—Exactamente. Donde apareció descuartizada Marcela Salgado. ¿Y sabés a qué se dedica don Freddy?

—¿Brujo? —arriesgué.

—Chamán, según sus clientes. La mayoría son enfermos terminales, aunque también atiende a mucha gente con adicciones. Alcoholismo, principalmente.

—¿Y ya lo interrogaron?

—Está detenido. Hace doce horas la Policía Bonaerense le allanó la casa.

Altuna hizo una pausa, como si buscara las palabras justas para decirme lo que venía a continuación.

—El tipo tenía partes humanas congeladas y otras macerando en diferentes líquidos. Se ve que a varios de sus clientes les daba brebajes para tomar.

Cerré los ojos y respiré hondo.

—Cuando llevaron los perros, los forenses desenterraron del patio huesos de unas trece personas diferentes.

—Ésa es casi la cantidad de albinos desaparecidos que yo compilé en mi base de datos —dije.

—Ya están contactando a los familiares para hacer pruebas de ADN. No sabemos si Keiner era la única que le proveía de albinos. Después de lo que te contó a vos, yo creo que ella se los conseguía a cambio de que él tratara a su marido.

—Pero ella me dijo a mí que Velázquez no cree en estas cosas —dije, extrañado.

—A lo mejor iba igual para que la mujer no le rompiera las bolas. O capaz que lo curaba a distancia y el tipo no sabía nada. Qué se yo.

—¿O sea que al pastor se lo presume inocente? Me imagino que lo seguirán investigando un poco más, ¿no?

Altuna me miró con asombro.

—¿No leíste los diarios esta mañana?

Negué. Antes de hablar, el comisario se aclaró la voz.

—Se tiró anoche de la ventana de su habitación en el Lucania. Piso doce.

—¿Se mató?

—Sí. Una decisión inteligente, desde mi punto de vista.

Asentí, y me lo imaginé dudando en el borde de la ventana. Enfermo terminal y con una esposa cómplice de un asesino en serie, yo también hubiera saltado al vacío.

—¿Y el resto de los de la banda? Los músicos, la mujer que repartía el café y todos esos.

—Ya los interrogamos a todos. No me corresponde decidirlo a mí, pero creo que el único que estaba en complicidad con Keiner era el asistente, Ángel Gálvez, alias "Lito". Suponemos que era el encargado de transportar a los secuestrados hasta Buenos Aires en el camión donde llevaba todo el equipo para la presentación del pastor.

Me eché hacia atrás en la silla y miré hacia el techo.

—¿Cómo sigue todo esto? —pregunté—. ¿Qué va a pasar con Irma Keiner y con este tipo, Freddy?

—Y... ahora vienen abogados, fiscales, juzgados y todo eso. A Limbu le cae perpetua, seguro. Keiner se come unos años adentro como mínimo, y si le encontramos algo definitivo que la vincule a las desapariciones, también la encierran para todo el campeonato.

Nos quedamos un rato en silencio. Finalmente el comisario se revolvió un poco en su silla y habló haciendo una mueca extraña, parecida a una sonrisa.

—Hiciste un trabajo extraordinario, Ricardo. No sé si te das cuenta de que salvaste muchas vidas. Te tengo que pedir disculpas por cómo te traté. Este caso va a quedar en la historia como uno de los más macabros de nuestro país y se resolvió gracias a vos.

—No sólo a mí —agregué—. No hubiera descubierto nada de esto yo solo.

Altuna volvió a alisarse la corbata.

—No. Tenés razón. Y ése es uno de los motivos por los que te llamé.

De la caja de cartón que había sobre el escritorio, sacó el cuadro de una mujer con el pelo recogido en un rodete y un gorro azul en la cabeza. De no ser por los ojos grandes y marrones, quizás no la habría reconocido.

—Ariana —dije.

—Analía —me corrigió el comisario señalando la pequeña placa de metal en el borde inferior del marco—. Inspectora Analía Moreno.

—Gracias —le dije, sorprendido, y extendí la mano para agarrar el cuadro.

—No es para vos.

Antes de que yo pudiera preguntar nada, Altuna se levantó de su silla y salió de la oficina, indicándome que lo siguiera.

Nos detuvimos a mitad del pasillo largo que llevaba a la mesa de entrada. El comisario señaló un tornillo brillante en la pared, a la altura de nuestras cabezas. Entonces sí, me entregó el cuadro.

Lo colgué donde me había indicado, entre puertas de oficinas y caras sonrientes de otros policías ejemplares. Apenas a un par de metros del caño abollado de un calefactor que irradiaba un calor agradable en aquella mañana de invierno.

Cuando salí de la comisaría, la calle estaba cubierta de blanco. Sonreí al sentir la nieve crujir bajos mis pies, y decidí caminar un rato por la versión más linda de mi ciudad.

**—FIN—**

# AGRADECIMIENTOS

En primer lugar quiero agradecer a Trini, mi compañerita de vida. Este libro está dedicado a vos porque sin tu apoyo y tu paciencia durante todo este tiempo, habría sido imposible.

Gracias también por los comentarios sobre el borrador de esta historia a Gerardo Mora, Javier Debarnot, Renzo Giovannoni, Pablo Reyes, Lucas Rojas, Norberto Perfumo, Ana Barreiro, Elena Terol Sabino, Marta Segundo Yagüe, Trini Yagüe Martínez, Mariana Perfumo, Mónica García, Andrés Lomeña Cantos, María José Serrano, Celeste Cortés y Hugo Giovannoni.

A Gere, Pipa, Sebacar, Mariam y Pecho —que aplauden contentos—, gracias por esos años locos e inolvidables en Comodoro. Y también a la familia Mora, por haberme adoptado durante mi paso por la Ciudad del Viento.

A Esteban Musacchio, gracias por los bocetos iniciales para la tapa.

Y sobre todo gracias a vos, que estás frente a la página, por darme la oportunidad de contarte una historia.

# ¡Muchas gracias por leerme!

Espero que te haya gustado esta historia. Si te quedaste con ganas de más misterio y aventuras en la Patagonia, seguramente disfrutarás *El secreto sumergido* y *Dónde enterré a Fabiana Orquera*, mis otras novelas.

También te recomiendo que visites mi web (www.cristianperfumo.com) y te suscribas a mi lista de correo. De esa manera, me das una forma de avisarte la próxima vez que publique una historia.

¡Hasta la próxima!

Cristian Perfumo

## EL SECRETO SUMERGIDO

**Basada en una historia real. ¡Miles de ejemplares vendidos en todo el mundo!**

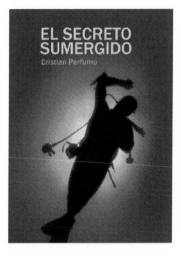

*Marcelo, un joven buzo aficionado, busca en las aguas heladas de la Patagonia el lugar exacto del hundimiento de la Swift, una corbeta británica del siglo XVIII. Cuando la persona que más sabe del naufragio en todo el país aparece asesinada con un mensaje extraño en el regazo, Marcelo descubre que su inocente pasatiempo constituye una amenaza enorme para cierta gente. No sabe a quién se enfrenta, pero sí que compite con ellos por reflotar un secreto que, después de dos siglos bajo el mar, podría cambiar la historia de aquella parte remota del planeta. Encontrarlo será difícil. Seguir con vida, aún más.*

*www.cristianperfumo.com*

# DONDE ENTERRE A FABIANA ORQUERA

**Verano de 1983:**

En una casa de campo de la Patagonia, a quince kilómetros del vecino más próximo, uno de los candidatos a intendente de Puerto Deseado despierta tirado en el suelo. No tiene ni un rasguño, pero su pecho está empapado en sangre y junto a él hay un cuchillo. Desesperado, se levanta y busca a su amante por toda la casa. Viajaron allí

para pasar un fin de semana juntos sin tener que esconderse de los ojos del pueblo. Todavía no sabe que ya nunca volverá a verla. Ni que la sangre que le moja el pecho tampoco es de ella.

**Hoy:**

Nahuel ha pasado casi todos los veranos de su vida en esa casa. Por casualidad, un día encuentra una vieja carta cuyo autor anónimo confiesa haber matado a la amante del candidato. El asesino deja planteada una serie de enigmas que, de ser resueltos, prometen revelar su identidad y la ubicación del cuerpo. Entusiasmado, Nahuel comienza a descifrar las pistas pero pronto descubre que, incluso después de treinta años, hay quienes prefieren que nunca se sepa la verdad sobre uno de los misterios más intrincados de aquella inhóspita parte del mundo.

**¿Qué pasó con Fabiana Orquera?**

*www.cristianperfumo.com*

Este libro fue impreso en: "La Imprenta Digital SRL"
www.laimprentadigital.com.ar
Calle Melo 3711 Florida, Provincia de Buenos Aires
En el mes de noviembre del año 2015

Made in the USA
Coppell, TX
16 April 2020